图书在版编目（CIP）数据

魔法公主夏薇薇.魔法少女在人间/顶猫的小姐文；蜜桃老师图.—北京：化学工业出版社，2020.1
ISBN 978-7-122-35726-7

Ⅰ.①魔⋯ Ⅱ.①顶⋯ ②蜜⋯ Ⅲ.①儿童小说-长篇小说-中国-当代 Ⅳ.①I287.45

中国版本图书馆CIP数据核字（2019）第252359号

mofa gongzhu xia weiwei：mofa shaonü zai renjian
# 魔法公主夏薇薇：魔法少女在人间

责任编辑：隋权玲　　　　责任校对：宋　玮　　　　封面设计：普闻文化

出版发行：化学工业出版社（北京市东城区青年湖南街13号　邮政编码100011）
印　　装：三河市延风印装有限公司
710mm×1000mm　1/16　印张9½　2020年7月北京第1版第1次印刷

购书咨询：010-64518888　　　售后服务：010-64518899
网　　址：http://www.cip.com.cn
凡购买本书，如有缺损质量问题，本社销售中心负责调换。

定　　价：28.00元　　　　　　　　　　　　　　　　　版权所有　违者必究

情感疏离的两人是分开
还是在一起
飘荡在这星球上
你我相遇
当指尖感觉到你的存在
封闭的心就此打开
像巨浪
像深海
…………

——松隆子《梦的点滴》

- 第1章 奇怪的梦
  公主回归 /002
  诅咒之始 /013

- 第2章 命运枷锁
  绯闻照片 /022
  吉卜赛之神的水晶球 /029

- 第3章 魔法钥匙
  人偶娃娃 /036
  寻找魔法钥匙 /044

- 第4章 逢魔时刻
  墙上的少女 /056
  危险来临 /062

# 目录

● 第5章 致命魔术
艾美奖提名 /072
溢彩流光 /078

● 第6章 又见彩虹
魔女的钥匙 /096
海底冰窟 /104

● 第7章 虹之高塔
金发少年卢玛尔 /116
无法回避的禁忌之恋 /121

● 第8章 蔷薇仪式
魔法岛的守护神 /130
幸福的不死鸟 /134

● 番外篇

# 第1章
# 奇怪的梦

 公主回归

 诅咒之始

## 【出场人物】

夏薇薇，植安奎，神秘少女，白尼斯杜特尔兰国王，女巫大婶，林沐夏，朴秀琳，金导演，达文西

## 【特别道具】

欧培拉 OPERA

## 公主回归

碎金一般的阳光透过密密匝匝的合欢树叶，在地上留下斑驳的影子。

如黛的天幕上，几只小鸟扑棱着翅膀飞过。

四周安静得听不到一丝声响。

唔，好痛！

夏薇薇揉揉眼睛，迅速坐直身子，刚刚她的头似乎被谁敲了一下，现在还隐隐作痛呢！她可是"彩虹之穹"最小最可爱的七公主——夏薇薇，怎么有人敢敲她的脑袋！

咦，这里是哪里？

她睁开眼睛看着四周，铺展开来的是绿莹莹的草地，一条清澈的小溪从她的脚边流过，细细一看里面竟然有五彩的小鱼，空气中到处飞翔着五彩的泡沫，她欣喜地用手指轻轻一戳，气泡就破碎灿烂成万千个水花，是那么漂亮！

可是她卧室里粉红色的水晶床呢？还有最爱的镶金雕花镜子呢？

夏薇薇沉思了一会儿，忽然看见前面的蔷薇花丛里似乎有什么东西在响，不由得十分好奇，心想，肯定是那个趁她睡着敲她脑袋的坏蛋！

蔷薇花架下恰好有一个一人高的拱形小门，她低下头，弯腰向着前方走去，脚下是一片金色的梧桐叶铺成的"地毯"，金灿灿地蔓延到远方。出口会是什么地方呢？

一片璀璨的光闪过。

"哇！"夏薇薇情不自禁地叫道，只见眼前矗立着一座钻石做的高塔，无数个棱角反射出光彩，四周到处弥漫着强烈的魔法气息。她的大眼睛骨碌碌一转，钻石高塔上到底住的是什么人呢？夏薇薇越想越好奇，一定是一位神秘的仙女！

想到这里，夏薇薇脸上露出恶作剧般的笑容，用魔法变出了两双粘粘贴，贴在鞋底和手掌上，接着她就像壁虎一般从塔底往上爬去。

呼哧呼哧地喘着气，她忽然想到这个钻石塔不会是透明的吧？想到以前她爬墙偷看超炫的魔术大赛的那次，被大魔王植安奎嘲笑了好久……她敲了敲城堡的墙壁，一点回声都没有，这么厚实，从里面一定看不到外面。

终于到顶了！

夏薇薇看见一个金色的阳台从楼顶探了出来，上面葱葱郁郁地种满了说不出名字的花草。她想了一下，欢快地打招呼："美丽的仙女，你好，我是夏薇薇，可以让我进去吗？"

城堡里静悄悄的，没有人回答。

夏薇薇沉思了一下，如果仙女不在家，她可以先参观参观，于是她用力抓着栏杆，轻轻跃到了阳台上。粉色的裙摆缓缓落下，她紧张地屏住呼吸……

"美丽的小姐，你好，欢迎你来到这里。"一个男孩子的声音突然在她背后响了起来，有种说不出的温柔。

"呃？"夏薇薇吓了一跳，手臂猛地抓住身后金色的栏杆，定睛看去，只见一个少年静静地站在门口，逆光中看不清他的表情。尽管如此，她还是觉得这个人好眼熟……心扑通扑通直跳，原来这里住的不是仙女，是个帅气温柔的少年。

"这里从来没有人来过，我一个人很孤单，看到你真的很开心。"少年一步一步向着夏薇薇走来，他的脸从晦暗逐渐明晰，大理石一般的脸上，鼻子高贵直挺，深邃明亮的眼睛像钻石一般耀眼。

"植安奎！"夏薇薇吃惊地叫道，她睁大眼睛盯着眼前的少年，"你怎么会在这里？"

"原来你知道我的名字，已经很久没有人这样叫过我了……"少年垂下头，嘴角浮起一丝苦笑，充满疑问的眼神盯着夏薇薇看了半晌，接着又似乎极为困惑一般抬手揉揉太阳穴，"进来喝一杯茶吧？我请客。"

"好的！"夏薇薇整个人都轻松起来，没想到一段时间不见，大魔王竟然变得这么容易相处，真让人开心。

夏薇薇的脚刚刚往前迈出一步，突然阳台通往屋子的门就在她身后阖上了，阁楼里顿时一片黑暗，她隐约可以听见一阵急促的脚步声逐渐消失，回声在耳边荡起。夏薇薇皱起眉头，阁楼这么小，怎么可能有这么大的回声？除非这里是一个无限空间的结界！

"植安奎！你在哪里？这里太黑了，我什么都看不见。"夏薇薇伸出手臂摸索着四周，走了半天都找不到一个可以触碰到的实物。她越走心里越慌乱，脑海中不断浮现出植安奎一步步向着无边的黑洞中走去的画面，吓得她浑身发抖。

"你要吃 OPERA 吗？很美味的哟。"不知道从哪里传来了一个女孩子的声音。

哗的一下，仿佛是一场梦，夏薇薇眼前一片刺眼的白昼，她不太适应地揉揉眼睛，难以置信地看着四周，她竟然置身于一片花的王国里，面前的小桌子上还摆着许多甜点。

竟然还有许多欧培拉！法国具有百年历史的欧培拉 OPERA，爱吃巧克力的人一定会迷上它，那浓郁的巧克力与咖啡味，萦绕在舌尖，慢慢融化在口中，香味久久不能散去……

夏薇薇的心情一下子好了起来，空气中弥漫着美妙的甜点香味，顿时她身体的每一个毛孔都在跳舞。

"他自己都不知道身在何方，何去何从，又怎么会告诉你呢？"又是那个甜美的女声，略带一丝哀伤。

"什么？"夏薇薇自言自语道，"她在说谁呢？"

夏薇薇正犹豫着，只见一位穿着古希腊圣女风格白色长裙的女孩走了过来。她长得真美！细细的眉毛下双眸里水波荡漾，尖尖的瓜子脸，嘴唇像熟透的樱桃。她纤巧白嫩的小手灵巧地在桌子上摆放甜点，如同瀑布般黑亮的长发随着她的动作时不时滑落到肩膀上。蛋奶酥，欧培拉，布朗尼，草莓玫瑰千层酥，香波儿泡芙……似乎天下所有最美味的甜点都聚拢到了这里！

"夏薇薇公主，这是我专门为你准备的甜点，欢迎你来到'彩虹之穹'的魔法岛，请您品尝。"她说完后单膝跪在地上，只这一个动作，就可以看出她具有良好的修养，神态举止十分优雅大方。

"谢谢你，请不要这样。"夏薇薇连忙起身搀她，手指刚接触到她的肌肤，就吓得猛地缩了回去——像千年寒冰！原本想要问她关于植安奎的事情，也被这个小波折给打乱了。

"让您受惊了。"女孩有些惊慌地低头道歉。

"你很冷吗？"夏薇薇疑惑地问，也为自己的大惊小怪感到抱歉。

"夏薇薇公主，请你不要再贪恋王国的呵护，你要到人间去，想办法带我们离开这里……新的历练已经开始。"美丽的女孩突然扬起泪水涟涟的脸，白色的衣袖四处冒风，天空突然刮起了呼啸的北风，下起了鹅毛大雪，女孩的身体突然变得僵硬，渐渐冒出丝丝寒气，最后竟冻成了一个冰雕！

"啊——"夏薇薇吓出了一身冷汗，猛地睁开眼睛！她看到了自己粉色的卧室和墙上冲着她微笑的小熊，这才明白刚刚不过是一场梦。

刚刚只是一场梦吗？

那个美丽的少女是谁？

还有……不知道自己身在何方的植安奎……这一切到底是怎么回事？

她一定要搞清楚！


叮叮咚咚的乐声在"彩虹之穹"鳞次栉比的城堡顶上回荡，天空落下一片片鹅毛般的大雪，银装素裹的世界里，透明的翠色玻璃反射出晶莹的光彩。

白尼斯杜特尔兰国王眯起眼睛注视着黛色的天幕，突然，天边飘过一朵粉色的云彩，他揉揉眼睛，皱起了眉头，难道他的宝贝女儿夏薇薇公主变成云彩偷偷地离家出走啦？

"报告白尼斯杜特尔兰王子殿下，您的小女儿失踪了！"负责照顾夏薇薇的女巫大婶的尖叫声划破了王国清晨的寂静。

国王先是无比懊恼地在地上转了一圈，眼角望着天空的落雪，不由得感叹，自从那件事后，从来不下雪的"彩虹之穹"开始变得寒冷，或者只有夏薇薇才可以化解这一切。

"不要把公主离开皇宫的事情说出去，你下去吧。"白尼斯杜特尔兰国王背过身子，不再理会女巫大婶。


一群白鸽飞过湛蓝的天幕，空气里弥漫着薰衣草的花香，绿茵遍布的跑马场上，奔腾的骏马上坐着许多穿着黑色骑马装的英俊男子，为首的身形矫健的男子看起来格外引人注目。

跑马场的西南角，电影《梦想印记》剧组正十分忙碌地准备着拍摄工作。一脸焦急的达文西盯着跑马场的入口，他已经在心里数了三个九百九十九……

我的小夏薇薇,你快点来吧!达文西扭头看着脸色铁青的导演,心里暗自祷告,在这万分关键的时刻,身为女一号的蝶世纪唱片公司签约艺人夏薇薇却……迟到了!

"让一让,抱歉,让一让!不好意思,借过一下……"一个穿着粉色蕾丝低领短裙的少女沿着韩国济州岛的小路一路狂奔,熙熙攘攘的人群里,她不断地用初学的韩语说着抱歉。浪漫美丽的海岛,远远望去,宛如一座中世纪的古老城堡,消融在蔚蓝色的海水之中。可是这样的美景,夏薇薇却没时间欣赏,想到这次拍戏的阵容全部是当今娱乐圈最火的明星,她竟然还迟到了,不由得紧张万分,加快了步伐。

呼哧呼哧……

突然马路中央一位开着三轮电动车的白胡子老爷爷驶了过来,车上的铃铛叮叮当当,夏薇薇吓了一跳,连忙跳到了路边,车子从身侧疾驰而去。

呼……她弯下腰,深深地吸了一口气,还好,避让及时,要不然……

"小姐?"一个慈祥的声音在她的耳边响起,说的是韩语。

夏薇薇抬起头,只见一位裹着白色头巾的老奶奶笑眯眯地盯着她,布满皱纹的手掌缓缓张开,里面竟然有一朵闪着光芒的红蔷薇。老奶奶用手指在她的额头上轻轻一点,笑着说:"夏薇薇,接下来的日子里你会在这里遇到值得自己珍惜一辈子的人,祝你好运。"

"什么?奶奶,我可没时间知道这些!"

夏薇薇只觉得身体像是被飓风穿过一般,脑子里迅速钻过一句话,还没有反应过来,老奶奶就不见了。

在这里遇到值得自己珍惜一辈子的人?那个人是谁呢?

"啊!天呀,迟到了!"夏薇薇正陶醉在无边的想象里,下意识地看了一眼手腕上的紫色水晶钻表的指针,连忙大步向着片场奔去。

"好多马!"夏薇薇刚到片场大门口,就被眼前高大奔驰的骏马吓了一跳。她还没有学会骑马，不由得赞叹起来，等拍完片子之后，她一定要让达文西给她请一个师傅教她！可是片场在哪里？

夏薇薇努努嘴，探头在巨大的绿茵场上寻找着，着急得在地上直跳脚。一个三四岁的小姑娘看见夏薇薇站在门口，冲着她掩嘴咯咯笑："姐姐不会骑马吗？我让斯皮尔教你。"她说着一口纯正的法语，小手指着站在身边牵缰绳的一位金发碧眼的马术师。

"谢谢。姐姐现在正忙，你先……"夏薇薇有些难为情地冲着小女孩点点头，然而她话还没有说完，就听见马匹不安的嘶鸣声。

"救命！"小姑娘骑的棕色大马不知道怎么回事，突然扬起前蹄狂奔起来，小女孩吓得哭叫起来。斯皮尔脸色大变，立刻跳上另一匹马跟了过去。

老天！

那匹驮着尖叫的小女孩的棕色大马似乎跟夏薇薇有仇，在马场上狂奔了一圈，掉头向她冲过来，它野性毕露，黑色的鬃毛飞扬，马蹄震响地面，眼看就要踏到她身上了！

夏薇薇盯着冲向自己的马，高声叫着救命，她双腿发软，身体下意识地往一边退去，竟然摔倒在草地上。幸好马蹄跨过她奔驰而去，让她逃过一劫。

她拍着狂跳的胸脯，惊魂未定，不知道那个友好的小姑娘怎么样了。她还没来得及喘气，突然地面开始剧烈震颤。夏薇薇连忙扭头看过去，不知道从哪里又冒出来了几匹来势汹汹的大马，它们打着响鼻，直奔夏薇薇而来。

"完蛋了！"夏薇薇紧张得浑身打战，她刚刚从"彩虹之穹"偷偷跑出来，要知道，变成一朵粉红色云彩已经耗尽了她全部的魔力，目前再也没有办法用魔法了。

现在她坐在地上一点办法都没有，双腿软得如同棉花糖。

马蹄声越来越大，越来越近，夏薇薇屏住呼吸，绝望地闭上眼睛，双手用力撑住地面。难道说她要被乱马踩成一摊肉泥吗？胸腔里的小小心脏怦怦直跳，似乎要蹦出来了。快点站起来逃命吧！

"小姐，把手给我！"奔腾的乱马逐渐逼近，一个男孩清朗有力的命令声传入夏薇薇耳中。

夏薇薇猛地一颤，她茫然地扬起脸庞，只见远处朝她奔来一匹白马，高大的马背上坐着一位少年，他亚麻色的头发随着奔腾的马蹄上下跳跃，漆黑的眼眸里满是关切，鼻梁笔挺俊秀，暗影中看不清他的表情。夏薇薇像是抓住救命稻草一般紧紧握住面前伸过来的手，那只手是那般有力！少年用力夹紧双腿，白马高声嘶鸣扬起马蹄奔腾而去。

夏薇薇的身体在半空中华丽地旋转，整个人跌倒在少年的怀里，她一阵恍惚，这才意识到自己被救了，阳光下少年白皙的脸上镀上了一层金光，策马奔腾的样子帅气到让人挪不开目光。

"你没事吧？"少年垂下眼眸微笑地看着怀里发愣的夏薇薇。

"没……没事。"夏薇薇有些结巴，连忙低下头，只是一瞬间，她又立刻仰起头，用水灵灵的大眼睛盯着少年俊逸的脸庞，心头一颤，接着嘴巴都变成了"O"形："你是……林沐夏！"

"好久不见。"少年温文尔雅地点点头，一点都不惊讶，他冲着夏薇薇微微一笑，柔声说："刚刚那位小女孩的马受惊了，我正准备带人来救她，不想却看见你跌倒在地上。会不会很痛？"

"不痛！看见你真的好开心，不过你可以带我去'梦想印记'拍摄剧组吗？"夏薇薇冲着他甜甜一笑，心想林沐夏既然在这里骑马，一定很熟悉这个跑马场，正好可以让他帮帮忙。突然她意识到自己还躺在林沐夏的怀里，不由得满脸通红，连忙从他的怀里挣脱出来。

林沐夏没有在意，只是轻轻点点头，唇角扬起一个弧度，口中念了一句"驾！"马儿向着马场的东北角奔去。夏薇薇靠着林沐夏的肩膀，觉得很安心。

"我的小夏薇薇！你怎么现在才来呀？"夏薇薇还没有下马，她的经纪人达文西已经急不可耐地奔跑过来。他今天竟然穿了一件香奈儿的新款黑色长裙，头上戴着西方贵妇的网格帽，脸上的表情却十分滑稽，在那里着急得又摇手又跳脚。

夏薇薇本来万分着急，可是看到达文西那么可爱的样子，突然很想笑，不过眼下剧组忙成一团乱麻，她这样笑似乎不太好，只好忍住。林沐夏先从马上跳了下来，接着把夏薇薇抱下马背，看着她小脸涨得通红强忍着笑意，自己忍不住先笑起来了，附在她耳边说："你的经纪人很有趣。"

"哟——哟——哟——，看看这大牌明星到场就是不一样，把我们这么多人丢在这里，自己竟然去约会，现在骑着白马，带着王子，笑呵呵地来参观，当然，还迟到了整整二十分钟！"突然一声怪笑冒了出来，接着一个穿着妖艳的红色旗袍的女人从人群里缓缓走出来，她双唇红得似火，水一般的眸子带着几分魅惑，凹凸有致的身材，纤细的腰身，一头波浪大卷直垂下来，整个人一出场，就把在场所有人的目光给吸引过去了。

夏薇薇皱皱眉头，被当红明星朴秀琳讽刺的感觉糟透了！她现在一点都笑不出来，但是她确实迟到了，又没有话反驳，只好低下头小声道歉："对不起，今天出了很多状况，我迟到了。"

"道歉就可以挽回大家的时间和损失了吗？虽然你现在小有名气，可是这里是韩国，没有几个人知道你，更别指望你的 fans 会声援你，希望你凡事把握好分寸！"朴秀琳仗着自己比夏薇薇高出半个头，故意压低了声音弯腰逼向她，气势咄咄逼人。

夏薇薇气得胸口发闷，她明明已经道过歉了，朴秀琳为什么不放过她！她正想要据理力争，眼角突然瞥见达文西冲她不断挤眼，而且他身后的电影导演脸色铁青冷眼旁观，显然很不高兴。

看来朴秀琳之所以这么大发脾气是导演的意思，夏薇薇只好低头作罢，小脸上火烧一般发烫，谁让大家都盯着她看呢，好像她做了什么大逆不道的事情一般。

"对，你自己看看时间，这都几点了，你知道在济州岛租用马场要多少预算吗？你赔得起吗？！"原本不动声色的导演突然大声嚷嚷着走到夏薇薇面前，手中握着的剧本说着就要往夏薇薇的头上摔去……

"请你住手！"就在夏薇薇耸着肩膀等着挨打的时候，一只有力的手臂扬起，止住了导演的动作。林沐夏褐色的眸子在阳光下闪着熠熠光彩，他盯着导演，面色沉静，一字一句地说："金导演，目前你们要做的是确定夏薇薇小姐的身体状况，她为了抓紧时间找到剧组，差点被马踏伤。另外，剧组再不抓紧拍摄，恐怕会有更大的损失。"

"你是谁？凭什么管我们剧组的事？"导演看到有人帮助夏薇薇更是气急败坏，涨得发红的脸上眉毛倒竖。他正要发怒，突然达文西凑到他耳边小声叮嘱了几句，导演噎了一下，生生把要说的话咽了下去，随即赔笑道："实在对不起，没有想到您就是大名鼎鼎的林氏财团的林沐夏少爷，久仰！久仰！"导演说完就要握林沐夏的手，显得十分热情。

"不用客气，夏小姐是我的朋友，希望你不要迁怒于她，同时租用马场的合同免费延长两个小时。祝你们拍摄顺利。"林沐夏淡淡一笑，巧妙地避开导演准备抓住他的手，温柔的目光在夏薇薇脸上停留了几秒钟，接着转身迅速跨上马背向着马场远处奔去。

"夏小姐，没有想到你在哪里都有朋友！真是遇到贵人了！"导演对夏薇薇的态度来了一个一百八十度大转弯。

可是夏薇薇却怔怔地盯着林沐夏峻挺的背影，一阵暖流缓缓流入她的心底。他已经不是第一次帮她了。可以遇到林沐夏这样的朋友，真的是她的福气。不过林家的产业真大，连韩国跑马场都是林氏财团的产业。

"夏薇薇，接下来的日子里你会在这里遇到值得自己珍惜一辈子的人，祝你好运。"

她突然想到广场上老奶奶的话，不由得心头一颤，难道说林沐夏就是那个人？

"你还愣在那里做什么？导演要开拍了！"朴秀琳十分不悦的声音拉回了夏薇薇的思绪。她十分抱歉地对朴秀琳点点头，正准备绕开她，可是一直盘桓在心头的疑问还是止住了她的脚步。夏薇薇退回来仔细地盯着一脸气愤的朴秀琳，鼓起勇气把忍了很久的话问了出来："前辈，请问你是女巫大婶变的吗？"

朴秀琳有些莫名其妙地盯着夏薇薇，晃了一下身子，气得直咬牙，压低声音道："你脑子被马踢到了吗？说些什么莫名其妙的话！"

"那达文西是爸爸变的吗？'彩虹之穹'的女巫是不能说有关国王的谎话的。"夏薇薇还不死心，认真地盯着十分不耐烦的朴秀琳。要知道之前被他们糊弄得团团转，所以这次一定要搞清楚。

"无可奉告！"朴秀琳的大眼睛里直冒火，她凶巴巴地盯着夏薇薇大声嚷嚷了一句，扭头向着拍摄场地走去。

"咦，真是跟之前女巫大婶变的人脾气一样坏。"夏薇薇看着朴秀琳气呼呼的背影，小声嘟囔着。她当初怎么会那么崇拜朴秀琳呢？那个时候夏薇薇简直把她当成女神，可是谁知道她脾气竟然这么坏，说话还不饶人。

夏薇薇接下来的拍摄十分顺利，因为林沐夏的原因，导演一点都不为难她，反倒是经验丰富的朴秀琳无缘无故地挨了导演的骂。更加可怕的是，导演每骂她一次，她就狠狠地瞪夏薇薇一眼，弄得夏薇薇惶惶不安，恨不得叫导演不要再挑刺骂朴秀琳。

拍摄就在这种诡异的气氛中过去了。夏薇薇正准备换装的时候，突然达文西拉她出去，两人走到跑马场外面，达文西才低声告诉她，以后一定要小心朴秀琳，导演骂朴秀琳就是为了让她针对夏薇薇，这样明星之间互相嫉妒，每人都会努力做到最好，有利于拍片进展得更加顺利。

# 诅咒之始

去机场的路上,夏薇薇内心久久不能平静,没有想到大腹便便的金导演竟然心思那么重,娱乐圈还真是一个鱼龙混杂的地方,以后要小心才对。想到这里,她不由得长叹一口气,跟着剧组进了机场休息室。

"你们有没有搞错,我再说一遍,这个是魔术表演道具,没有任何危险性,凭什么不把我放行?"夏薇薇刚刚坐定,只听见一阵嘈杂的争吵声传来。

会是谁呢?她隐约感觉自己身上的魔力已经恢复了不少,小脸上不由得得意起来,大步向着机场安检处走去。

夏薇薇远远看见一个身材修长的少年站在人群中,身着黑色风衣的他看起来很神秘。他的手里挥舞着一个亮晶晶的金属棒,银色的火花在半空中不断绽放,好熟悉的手法,是个人间的魔法师哟!

夏薇薇不由得一阵好奇，更加走近一点看过去。人群中的那个少年，大理石一般光洁的额头上渗出了细细的汗水，紧锁的眉心下双目如同寒星，薄薄的嘴唇依旧那么倔强……他是……植安奎！夏薇薇猛地睁大眼睛，心里咯噔一下，一种莫名其妙的伤感涌上心头。上次在"彩虹之穹"的皇位之争中，植安奎为了守护她弄得遍体鳞伤，还好，他现在看起来好好的，别人的事情她可以不管，但是植安奎的事情她一件都不可以落下。

有办法了！

夏薇薇的小脸上露出一抹得意的笑容，她悄悄地勾勾手指，植安奎手里的魔术棒突然变成一个硕大的彩色气球，缓缓向着天花板飞去。在众人无比惊讶的眼神中，只见气球嘭的一声爆开来，漫天飞舞着毛茸茸的蒲公英。守在一旁的安检人员被眼前的景象弄得目瞪口呆，大家纷纷抓起蒲公英来。

"咳咳，我说这个是魔术道具，你们竟然不信。"植安奎显然也被突如其来的变化吓了一跳，他怎么可能想到自己最心爱的谢幕用的魔法棒会变成一个限量级的大气球呢！不过他顺水推舟刚好过安检这一关。

"扑哧"一声，夏薇薇再也忍不住了。装模作样的植安奎，此刻黑发上沾满了白色的毛球，看起来像个白头发老爷爷，可是他还一脸镇定地耍帅。

"很好笑吗？"突然一声冷到可以把人冻住的声音在夏薇薇的耳边响起。

夏薇薇大呼不好，这不是大魔王植安奎生气时候的一贯语调吗？她连忙闭紧嘴巴，抬起头，郑重其事地摇摇头。

"小姐，你在搞什么？怎么可以把我的魔法棒变成气球？"植安奎盯着正在装无辜的夏薇薇，怒火直往外冒，魔法棒被安检人员当作危险品他可以忍，可是被施上不可修复的爆破魔法他怎么可以忍受！可是他隐约感觉到夏薇薇身上的魔法气息，只是猜不出她的身份，只好警告道："我告诉你，不管你是什么来头，以后都不要管别人的闲事。"

什么？植安奎怎么可以装出一脸不认识她的表情？就算她不小心用了爆破魔法，但也是为了他好啊。

"如果不是我，你今天都不一定过得了安检。登机时小刀等金属制品不要随身携带，这条规定你忘记了吗？"夏薇薇努努嘴，最讨厌那种忘记老朋友的人了，亏她一开始还为他心疼了一下。

"小姐，那不是小刀，是魔法棒。"植安奎的俊脸气得一阵红一阵白，最后他才咬牙切齿地说了几句话，"不过看在你误打误撞帮助我的分上，就算了。"他说完转身就要走。

"等一下，请出示你们的护照。"一位安检人员突然冒了出来，拦住了植安奎的去路。夏薇薇见他似乎很严肃的样子，只是站在原地发愣，看见植安奎不耐烦地把自己的护照交给安检人员，她也连忙照样子做了，安检人员拿起他们的护照仔细看了起来。

时间一分一秒地过去，气氛有些尴尬，夏薇薇看着安检人员检查护照遥遥无期的样子，走过去跟植安奎搭讪："大魔王，我们来握手言和吧，不要闹别扭了，没想到这么久不见，一见面我们又变成老样子，总是吵架。刚刚是我的错，我们是好朋友对不对？"她的眼神里写满了真诚，粉嘟嘟的小脸看起来格外可爱。

"我并没有闹别扭，也接受你的道歉。"植安奎冲着她很绅士地点点头，眸子里没有了刚才的气愤，有些不情愿地跟夏薇薇握了握手。

"嗯，这才像话嘛。"夏薇薇开心极了，植安奎的手握上去有点凉，而且有种说不出的奇异感觉。

嘶……夏薇薇突然感到一阵刺痛，右手手指剧烈地颤抖起来，完全不受控制，心底泛起阵阵寒意，这种寒意竟然是来自与自己握手的植安奎！

怎么回事？

手指痉挛得更加厉害，两个人似乎都感到不适，可是冥冥之中似乎有股神奇的力量，任凭他们怎么用力，就是甩不开对方的手。

植安奎漆黑的眸子里全是疑惑，嘴唇颤了一下似乎想要说什么，又忍住了，他盯着同样满头大汗的夏薇薇。

夏薇薇痛得倒吸凉气，她无奈的目光无意间对上了植安奎的眼睛，他漆黑的瞳孔里一片苍白，仿佛没有一丝感情，陌生到了极点。

为什么会有这种感觉？彻底的陌生感！

夏薇薇灵机一动，忍住痉挛的痛楚，用尽全身力气，掌心贴紧植安奎掌心，她咬紧下唇，在心底默默念："读心之术——"，然后迅速闭上眼睛，读心术的意念瞬间潜入植安奎的记忆，四周一片苍白，她的心不由得一颤……

植安奎的记忆层里为何如此不完整？更加奇怪的是他神经脉络上拴着许多金色的小锁，她根本无法沿着他的记忆脉络往下探寻。她正准备强攻，突然一片白色的网将她紧紧包裹，越箍越紧。

"啊——"夏薇薇一声惨叫，植安奎脑海中强烈的保护意念硬生生将她驱逐出去，她被那张白色的网勒得无法呼吸，整个人无力地跌倒在地板上剧烈地喘息。

砰的一声，植安奎只觉得脑子里一声巨大的轰响，他的手才与夏薇薇的分离开来。他看见蹲在地上的夏薇薇，正要伸出手去拉她，可是手刚刚伸出一半，又像触电般缩了回去。他用复杂的眼神扫过她的脸，迅速从安检人员的手里拿走护照，转身向着机场入口走去。

夏薇薇喘息着，一个不好的念头在脑海里盘旋……

"小夏薇薇，你怎么啦？怎么一会儿不见就变成这样了？是朴秀琳欺负你了吗？她人呢？我帮你报仇！"达文西抱着一堆零食气喘吁吁地跑了过来，一把扶起地上的夏薇薇，着急又气愤。

"不是的，是……"夏薇薇犹豫了一下，把呼之欲出的"植安奎"三个字憋了回去，她还没有搞清楚情况，现在这一切还都是秘密。

"哇！植安奎大魔术师的护照耶，夏薇薇你看！你看！真是帅呆了！"突然达文西兴高采烈地跳起脚来，手里抓着一张护照喜不自禁。

夏薇薇一阵疑惑，只见安检人员面色微红，正对着她无奈地耸肩。

该不会……该不会刚刚植安奎拿走的是她的护照吧？

夏薇薇连忙夺过来看，护照上植安奎的脸格外清晰。

"不过，小夏薇薇，你的护照呢？"达文西似乎这才反应过来。

"被某人拿错了。"夏薇薇懊恼地盯着手里的护照，咬咬下唇，向着机场入口奔去，无论如何也要把护照换回来。

她就不该遇到那个大魔头，要不然也不会出这么多状况，可是机场那么大，她到哪里找植安奎！她已经来回跑了好几圈了，正犹豫着，手里的护照突然被一个人夺走了，夏薇薇刚刚想要大叫，只见植安奎一脸冷色地低声说："小姐，拿着别人的护照乱跑是你的强项吗？"他在上飞机的时候才发现自己拿错了护照，连忙折回去寻找，只看见一个穿着黑色礼服性别难辨的人杵在原地吃薯片，还冲着他笑得一脸谄媚，真是无法忍受。

好吧，那个吃薯片的男人就是达文西，而且在达文西心中，他的笑是对大魔术师的崇拜和敬仰。

"是你拿错了我的护照。"夏薇薇有些生气，她踮起脚抓回一脸不屑的植安奎手里的另一本护照，拔腿就想离开。

奇怪，她的腿竟然无法移动地钉在了地上，任凭她怎么努力都动弹不得。

"我还没说让你走呢，"植安奎凑到她耳边，伸手抢回夏薇薇的护照，仔仔细细地看了一遍，十分不情愿地嘟囔了一句，"我跟照片上的你长得很像吗？"

"当然不像！"毫无疑问，她超级纯美可爱的脸怎么可能跟他那张冷冰冰的脸"长得很像"？

"我也这么认为。"植安奎这才十分满意地把护照塞回夏薇薇手中，刚刚登机人员说他女扮男装也挺帅的时候，他才发现自己拿错了护照！

突然，啪——啪——，照相机的闪光灯亮成了一片。

"该死，在济州岛都有狗仔队。"植安奎面色一凛，目光看向夏薇薇，带着几分真挚，"虽然魔法可以帮助人，但是用多了就会出现状况，你以后尽量少用吧。"

夏薇薇感觉植安奎靠近自己的一刹那，身上突然有阵彻骨的寒意，顿时一句话都说不出来，只是盯着植安奎。他是在关心她吗？

"以后有机会再见面吧。"植安奎的肩膀剧烈地颤抖了一下，他手臂上莫名其妙腾起一阵炙热的刺痛，为了掩饰他只好抱住手臂，看了一眼浑身哆嗦的夏薇薇，突然有种似曾相识的感觉。

"叮当——叮当——"脑子里像是千万个钟来回地响，敲得他头痛欲裂，他无法思考，只好转身向着登机入口走去。

奇怪，为什么他离夏薇薇越远，身体的疼痛感就越小……

"等我召开记者招待会澄清绯闻的时候，你会出席吗？"浑身打着寒战的夏薇薇看着植安奎的背影，身体也渐渐恢复正常。突然想到刚刚的偷拍，估计她抢护照的样子会被媒体炒作成头条新闻"超高人气女星夏薇薇在机场不顾形象跟大魔术师植安奎亲密接触"。

没有想到植安奎理都没理她，径直走进了入口，良久，夏薇薇才隐约听到一句略带不屑的话："走自己的路，让别人说去吧，在娱乐圈待了这么久，这点问题还需要担心吗？"

夏薇薇气得直跺脚，他分明十分瞧不起她！

她刚刚抬起脚想走,只见刚刚踩过的地方竟然粘着红色的液体,只是一瞬间,液体渗入地下不见了。怪不得刚刚她一步都动弹不得,难道是植安奎给她施了定身术?

　　气死了,想到他,夏薇薇就浑身发冷。刚刚的寒战让她心有余悸,难道说……她猛地直起身子,清澈的眸子定定地盯着前方,刚刚彻骨的冰冷……公主的守护者……命运的诅咒还没有解除吗?

# 第2章
# 命运枷锁

- 绯闻照片
- 吉卜赛之神的水晶球

**【出场人物】**
植安奎，夏薇薇，林沐夏，达文西

**【特别道具】**
水晶球

## 绯闻照片

"猫梨七号"经历了上一次毁灭般的打击,从外面看,这个巍峨的大家伙摇摇欲坠,灰色的墙壁上泥土斑驳脱落,原本豪华的宫廷大门也斜斜地靠在一边,无法正常使用,整个屋子看起来十分破败。

植安奎不忍心放弃这座房子,就用魔法重新修复了一番,勉强可以住人。

皎洁的月光泻入尖尖的阁楼,月影浮动,植安奎躺在椅子上望着漫天的星月。前几天在济州岛机场遇到的那个爱生气的女孩子像是一个魔咒一般钉入了他的内心,挥之不去,他对她说不上讨厌,但总是有种说不出的感觉……每次想到她气呼呼地蹦上来抢夺护照的样子,他的嘴角就情不自禁地微微上扬,有时候感觉似乎跟她认识了很久,有时候又恍惚成为一片空白,这种感觉很糟糕,可是植安奎克服不了,这让他很受挫。

咚咚咚……突然,阁楼的角落里,地板响了起来,像是有人在下面敲。

奇怪,这个屋子从来只有他一个人住的!当然,出于某种现在还不能说的原因,他已经完全把夏薇薇跟他住在一起的那段日子忘得一干二净。

植安奎小心翼翼地走到阁楼的角落,一缕月光恰巧照在了一块菱形的地板上,泛着莹莹的白光。他颇为疑惑地敲了一下,里面竟然是空的!

难道说这里有什么秘密?

植安奎屏住呼吸,他缓缓揭开早已褪色的菱形地板,借助月光,他看见了一个古铜色的小盒子,摸索着把盒子掏出来,盒子的盖子竟然自动打开了,把植安奎吓了一跳。

只见盒子里面的盖子上装了一个自动弹簧的装置,原来刚刚敲击的声音就是这样子发出来的,可是为什么他以前没有听到呢?

"孩子……我知道这一天就要到来,你始终躲不过去。"一声沙哑的呼唤在阁楼里回响,盒子里泛出昏黄的光芒,宁静悠远。

"是谁?!"植安奎警觉地站起身子,差点把盒子丢在地上。

"你连爷爷都忘记了?我真的很难过,可这是命运,我们谁都阻止不了。好好看看这本日记,希望它可以帮到你。剩下的只有靠你自己和你的朋友了……"盒子里发出的声音逐渐微弱,最终一点都听不到了。

"我没有朋友……"植安奎一阵呻吟,紧咬嘴唇,他脑子里一片空白,关于爷爷的一切,他全都记不得了,心里一阵酸楚,到底发生了什么事情?

他有些无助地从盒子里拿出日记本,手指驱动"烛之焰火"的魔法,小心翼翼地翻看着日记。封皮破旧,纸页已经微微泛黄,脆到一碰即碎,然而模糊的纸页上,他仍然可以勉强看见几句话。

"彩虹之穹""命运的枷锁""无法靠近的距离——至冷至热的极端""永恒的守护""王室和魔法师""魔法钥匙"……

日记的纸页破碎不全!

这些都好眼熟,可是为什么他什么都想不起来?

"无法靠近的距离""至冷至热的极端"……那一天他跟那位小姐不就是如此吗?当他们靠近的时候他感觉自己快要被烈火烧化了,而她一定感觉十分寒冷吧?要不然怎么会浑身哆嗦……这一切一定跟她有关,而且她还说他们是朋友……剩下的只有靠自己和朋友……一定要找到她,弄清楚情况!

头好痛!植安奎不由得按住太阳穴,脑子里钟声乱响,为什么会这样?不可一世的自己竟然沦落到如此地步,他几乎要发狂了!

簌簌簌……突然手里的日记本碎成一片浅蓝色的星星沙,渐渐飘散到阁楼窗外。

植安奎无奈地躺倒在椅子上,他开始意识到自己确实丧失了一部分记忆,却不知道所失去的是什么。在济州岛机场遇到的那个故意套近乎的女孩跟自己,应该是"朋友"吧?

蝶世纪唱片公司豪华的大厅里，夏薇薇正在准备出席记者招待会，上次的济州岛机场暧昧照片果然登上了八卦报纸头条，大魔术师植安奎却拒绝记者采访，更加拒绝澄清绯闻。剩下的只有夏薇薇来应付了，台词早已安排好，无非是她跟植安奎是好朋友，在夏薇薇未出名的时候承蒙植安奎照顾和帮助……

"小……小夏薇薇！"达文西突然面色苍白地闯入休息室。尖声大叫，弄得大家都跟着惶惶不安。

"达文西你别急，发生什么事情了吗？"夏薇薇疑惑地看着达文西，心里暗道不好。虽然达文西爱大惊小怪，但是他脸色如此异常就不对了。

"网上正在疯传你的……"达文西说了一半，再也说不出来，只是无奈地盯着夏薇薇。

"是我跟植安奎的照片吗？"夏薇薇脑子转了好几圈，想到的最过分的照片只有这个了。

"不是的，你自己看吧。这次记者招待会要暂停，我们必须先处理好这件事情，网上都快要传疯了。公司正在想办法处理。"达文西在屋子里来来回回地转着圈子，捶胸顿足，显然事情很难办。

"到底是什么？"夏薇薇被他弄迷糊了，干脆一个人跑到隔壁的办公室里上网，没有想到各大网站的娱乐头条竟然是——当红影星夏薇薇不雅照曝光……她看得触目惊心，强忍住内心的震颤，随便点开一个链接，里面竟然全部是她穿着比基尼跟男子拥在一起跳舞的照片，还有一些更加露骨的……网友们在下面互相对骂，有支持她的，也有骂她的……

"呜哇……这些都是什么呀？！"夏薇薇只看了一会儿，眼泪就像断了线的珠子落了下来，她掩住脸庞，埋在桌子上大声哭泣起来。最讨厌莫须有的罪名，网上的照片她从来没拍过……可是一夜之间竟然冒出这么多不雅照，这下子她还怎么见人。

"别哭，别哭，小夏薇薇，我们都相信你，而且你接的每一个片子都是经过我审查的，我相信那些照片都是假的！事情都会解决的！"达文西看到夏薇薇纤细的肩膀哭得一颤一颤的，连忙心疼地跑过去抱住她，一边安慰一边想办法。

"林沐夏会看到的，植安奎……植安奎也会看到的，大家会乱想我，到底是怎么回事呀？"她心里发酸，想到自己的好朋友会因为这些误会自己，她的心就如同被针扎一般疼。

"这次网上不雅照似乎有人刻意为之，我们不断删除，就有人不断上传，根本制止不住。"公司的信息部员工满头是汗地跑过来向达文西报告。

"查一下上传照片的那家伙的 IP 地址，一定要把影响降到最小，继续删！"一向乐呵呵的达文西第一次说话这么大声。

信息部的员工见状连忙回去工作。

夏薇薇难过极了，趴在桌子上呜呜地哭泣。她怎么会这么倒霉，连那种照片……忽然，她感觉有人在轻轻抚摩自己的头，每一个动作都那么温柔。

她心里一热，到了最后关头，还是达文西对她最好。渐渐地，她哭累了，才抬起眸子看去。一张带着微笑的脸映在她面前，额前细碎的发丝下，一双褐色瞳孔的眸子格外温柔。啊！站在她身边的根本就不是达文西，而是林沐夏！

"沐，你也回国了？"夏薇薇回过神来，惊讶道。可以看到林沐夏真是太好了。

"是的，我恰好路过公司，想来看看你，却看见你正难过，现在好多了吧？"温文尔雅的林沐夏十分温柔，眸子里满是关切。

原本开心的夏薇薇想到林沐夏会看到那些照片，小脸顿时滚烫，连忙跳起身来护住了眼前的电脑屏幕。

"对不起，我不是故意看到的。"林沐夏意识到夏薇薇的窘迫，自己也跟着不好意思起来，低垂的眼眸看着地面，面色微微发红。

他……他……原来早已经看过了！夏薇薇的心里要有多尴尬就有多尴尬。

可是看到林沐夏害羞的样子，她反倒没那么难受了，于是大方地坐到他身边，无奈地叹了一口气道："这些照片头像虽然是我的，但是身体绝对不是我！我从来没拍过这些东西。"

"我相信你，刚刚我已经让比尔去处理这件事情了，相信很快就会有结果。"林沐夏抬起头，笑得十分坦然。

"我的小夏薇薇，太好了！那家伙的系统被攻破了，现在网上的照片基本上全部被删除了。明天召开记者招待会，在此之前，一定要查出是谁在幕后操纵！"达文西风风火火地跑了过来，笑得一脸灿烂，可是谈到这次恶意发照片的人，他又气呼呼地替夏薇薇鸣不平。

"太好了！"夏薇薇高兴得直跳脚，连忙趴到电脑前找照片，所有的链接都已经被删除，一点痕迹都没有。

林沐夏只是静静地看着她，阳光洒在他的脸庞上，十分安宁。

突然一片柔和的乐声响了起来，林沐夏冲夏薇薇微微点头致歉，从口袋里掏出了手机，只听他对着电话"嗯"了一声，接着起身对站在一旁的达文西道："在网上恶意发布夏薇薇虚假照片的是SL娱乐公司的人，希望你们有所准备。"

"朴秀琳！"达文西气得握紧了拳头，SL娱乐公司最红的艺人就是朴秀琳，没有想到他们竟然为了击败夏薇薇，用这么卑劣的手段，"我们一定要反击！我会去法院。"

"先不要激动。目前我们手里有对方恶意中伤的证据，可以随时到法院起诉。不过，我想听听夏薇薇的意思。"林沐夏把目光转向夏薇薇，她会怎么做呢？

"不用到法院去起诉。"夏薇薇冲着林沐夏眨眨眼，她才不要把这种事情闹大呢，不过她也不会轻易饶过伤害自己的人，只不过她不会用以牙还牙的方式报仇。想到这里她小脸上浮起一抹神秘的微笑，十分调皮地说："达文西，沐，我自有办法。"

## 吉卜赛之神的水晶球

暖风徐徐，屋子里各种翠色的珠宝叮当作响，植安奎深邃的眸子里闪着一丝莫测的光芒，他驱动着半空中透明的水晶球，通过它可以看到过去，预知未来。

"神秘的吉卜赛先知，请你展现我失掉的记忆……"植安奎念着古老的魔咒，修长灵活的手指驱动闪着莹莹蓝光的水晶球，狭窄的卧室里渐渐展开一个银色的立体空间，他心头一阵愉悦。

可是伴随着他不断使用的魔法力量，他的力气像被抽丝一般渐渐脱离身体，浮在半空中的水晶球也跟着嗞嗞作响，不安地颤抖起来，而他竟然有些体力不支！

幻境还没有完全形成，银光中的立体空间里隐隐约约地显出几个人影。待他要进一步看下去，突然感到一阵眩晕，水晶球没有了魔法支撑，从半空中倏地往下掉，荧光立体空间也裂开了巨大的缝隙。

"水晶球！"植安奎眼睁睁地看着水晶球从空中掉下来，惊叫着从地上腾起身子，然而急速扬起的手指与球边擦过，球仍然义无反顾地往地上坠落。

"蔷薇十字！"伴随着一声呼喊，屋子里突然亮起灿烂的红色，斜插着蔷薇花的十字架的幻影在屋子里铺展开来。水晶球突然轻飘似泡沫在半空中稍微滞停，夏薇薇一道华丽的转身，怀里紧紧抱住水晶球，眯着眼睛冲气喘吁吁的植安奎微微一笑。

"蔷薇十字！你怎么知道这个魔法？"植安奎立直身子，光洁的额头上布满细细的汗水，灼热的目光盯着突然闯进来的夏薇薇，心头一阵惊讶。"蔷薇十字"这种神秘又古老的魔法是鲜为人知的，因为它十分不稳定，因此少有人用。"不是告诉过你不要轻易使用魔法吗？"

"水晶球还给你，我今天来是有事情找你。再说你自己躲在家里用禁地魔法，还大言不惭地说别人，哼！"夏薇薇嘟起嘴巴，赌气般把怀里的水晶球向植安奎抛了过去。

"我……我有自己的理由。"植安奎下意识地接住水晶球，微微苍白的脸颊开始泛红。他眼底神色复杂，固执地盯着地面。

"那我要是不用魔法接住水晶球，它就会碎掉。"夏薇薇也有自己的理由，所以一点都不怕他，可是想到妄自驱动水晶球的危害，她还是一阵气恼，"你应该知道非吉卜赛血统的人擅自驱动水晶球会被魔法反噬的吧？既然这样，为什么还是要冒险？"

她怎么什么都知道？

植安奎不可置信地盯着看起来年纪不大却对魔法了如指掌的夏薇薇，他顿了一下，把话题移到了别处："你擅自闯进我家是为了什么？"

"连句谢谢都没有，还凶巴巴的！"夏薇薇把手臂交叠在胸前，往前踱了一步，突然她扭过头，露出一抹恶作剧般的微笑，"我想请你帮我，你说如果世界顶级魔术师植安奎与人气女星夏薇薇合作将会是一件多么引人注目的事情！"

"我没有兴趣参与你的无聊游戏，没什么事情的话我要休息了。"植安奎满脸不屑，不带感情地下了逐客令。

气死了！她本来想着跟植安奎合作表演，从而把不可一世的朴秀琳打败，不想他竟然这么不配合。突然，夏薇薇注意到他手掌里的水晶球亮了一下，一个主意冒了出来。

"我们做个交易，如果你答应我的要求，我就请吉卜赛之神的助手帮你驱动水晶球。"夏薇薇尽量用最镇定的语气说话，因为她也只是听"彩虹之穹"的国王爸爸说过吉卜赛之神的助手，至于请不请得到还是另一回事。

"无聊！"植安奎毫不犹豫地挡了回去，一点都不感兴趣的样子。

"你是在怀疑我吗？她就住在'彩虹之穹'，只是比较行踪不定罢了……"夏薇薇急着要解释，可是话还没说完，一张超级英俊的脸就逼到了她面前，惊得她把剩下的话全忘了，只是睁大眼睛看着神情严肃的植安奎。

"'彩虹之穹'……刚刚你说的是'彩虹之穹'吗？那是哪里？"植安奎突然抓住夏薇薇的肩膀，眼神里全是急切。

"云端上的那个国度，传说中的'彩虹之穹'，你不记得了吗？"夏薇薇被他的神情吓了一跳，有些疑惑地试探着。

植安奎的眼神闪烁了一下，紧锁的眉梢下，目光飘向了远方，似乎在思考些什么，半晌他才十分痛苦地摇摇头，眼神里全是茫然。他松开夏薇薇，跌坐在沙发上，手指插进了头发里。

"'彩虹之穹'？你难道不记得吗？"夏薇薇感到十分紧张，植安奎看起来糟糕透了，她从来没见过他这个样子。

"我不知道……"植安奎声音沙哑，情绪低落。

"那里是我家，我是你的朋友夏薇薇，你仔细想想。"夏薇薇认真地点点头，本来在机场见面还算愉快，虽然植安奎有记忆空白，但是她确信他是会想起来的。

滴答滴答，时间一分一秒地过去，夏薇薇心里乱糟糟的，着急地盯着沙发上的植安奎。

半晌，他才缓缓抬起头来，恍惚的眸子看着夏薇薇，薄薄的嘴唇吐出一句十分不确信的话："那个地方……我应该知道吗？还有……夏……夏薇薇……这个名字是我第一次听说。"

天！

夏薇薇吓得一怔，身子不由得往后退去。

不可一世的植安奎此时看起来像个受伤的孩子，他竟然什么都不记得了！身为"公主的守护者"却连要守护的对象都忘记了……到底发生了什么？为什么他的记忆会缺失得如此严重？

"那么你知道这里是哪儿吗？"夏薇薇指着四周，焦急地寻找着一切可以找回旧时记忆的东西，终于她看到了书桌上一张植安奎小时候跟他奶奶合影的照片，只见奶奶正端着一碗"银丝拉面"笑得十分慈祥，她指着照片上的老人急切地问："这个人，你记得吗？"

"小姐，请你不要因为我不知道什么'彩虹之穹'就取笑我，我们之间并不熟悉，虽然你知道我一些事情，但是那不代表你可以干涉我的隐私。"原本看起来很脆弱的植安奎见到夏薇薇用手指戳照片上的人，气得站起身来，迅速从夏薇薇手里夺回照片，认真地摆回到桌子上，恢复了原来的臭脾气："如果你没什么事情的话，请离开猫梨七号，以后也不要擅自闯进来了。我记得她，她是把我从小带到大的奶奶。"他说完转身向二楼走去，冷漠孤傲的背影看起来格外拒人于千里之外。

"我也吃过你奶奶做的银丝拉面，还有我们之间原本是很熟很熟很熟的……"夏薇薇气得直跺脚，还想再多说几句，只听见楼上传来砰的关门声，似乎极不耐烦。

谁稀罕待在这里受你气!

夏薇薇憋了一肚子的疑惑和无可奈何,可是偏偏植安奎还很不配合,可能他失去记忆也是一件很难过的事情吧,想到这里她叹了一口气,决定原谅他。抬头看看冰冷的四周,一点人情味都没有,她只好失落地走出了猫梨七号。

回去的路上,夏薇薇想得脑袋发痛,大魔王的记忆好像严重受损。她是不是应该告诉他那段他遗失的记忆呢?就算告诉了,依他那个性又会相信吗?

"唉……"夏薇薇长叹了一口气,气馁地蹲下身子,不知道为什么,被植安奎从记忆里删除竟然让她这么难过。她无意间定睛一看,脚下竟然是一片可爱的车矢菊,因为是下午,花朵都是半开半闭的样子,好像害羞的小姑娘。

"告诉他,不告诉他,告诉他,不告诉他……"夏薇薇伸出手指对着花圃数起数来,真希望大自然可以给她一个解决的办法。

夏薇薇正数得带劲,眼看就要数完了,忽然耳畔传来扑哧的笑声,她吓了一跳,扭头看向发出声音的地方。

夕阳西下,少年的脸上镀了一层金黄,褐色的发丝随风飘动,他笑得眉眼弯弯,对着夏薇薇伸出右手:"夏薇薇,我们又见面了。"

"沐,好巧。"夏薇薇站起身来,风吹起她粉色的裙摆,在一片金色花圃中格外耀眼。

"你知道'魔法钥匙'吗?"夕阳中的林沐夏注视着夏薇薇,声音竟有几分神秘。

# 第3章
# 魔法钥匙

🐸 人偶娃娃
🐸 寻找魔法钥匙

**【出场人物】**
夏薇薇，植安奎，波尔冬，达文西，
导演，女巫大婶

**【特别道具】**
人偶娃娃

# 人偶娃娃

"植安奎，请开门！"

砰砰砰的砸门声响彻整个猫梨七号。

古铜色的门吱吱嘎嘎地颤抖着。

夏薇薇在尝试了礼貌的轻声敲门、电话问候、塞纸条、预约等多种方式无果后，只好用了最狠的一招，使劲砸门。

当夏薇薇手指酸痛、浑身无力的时候，沉重的大门终于缓缓打开了，还露出了植安奎的半张脸。

"你好，植安奎，今天我有事情拜访你。"夏薇薇提起裙摆，微微屈膝，做出淑女才有的姿态。

"你讲吧。"植安奎疑惑地盯着夏薇薇身后的行李箱，眸子里全是不解，仍旧不愿意打开大门。

"身为魔法师，我想邀请你进行一场对决，如果我赢了，从今天开始就入住猫梨七号，如果我输了……"夏薇薇理直气壮地说道，"条件随便你开。"

植安奎皱紧眉头，有些生气地看着信心满满的夏薇薇，还有她手里的行李箱，很明显她就是抱着必胜的心态来挑战的！莫非她竟然如此高估自己的魔力，或者是……看不起他！

"我接受挑战，如果你输了……从此以后再也不许踏入猫梨七号一步。"植安奎的眼神里泛着寒意，他缓缓拉开门，侧过身子让夏薇薇进来。

哼！他好不近人情！夏薇薇嘟嘟嘴，昨天跟林沐夏商量了很久，她再次确信植安奎失忆的事实，因此这次她来猫梨七号的主要目的就是要通过日常生活细节，帮助大魔王恢复之前的记忆，所以她一定要赢！

"好，一言为定！"

猫梨七号空旷整洁的卧室里，巨大的穿衣镜上映出了他们严肃的脸庞，夏薇薇特意换上了她专业的黑色魔法袍，金色的勋章十分耀眼。第一项比赛是变身魔法，他们采用三局两胜制，在这个屋子里，他们一个人变成一件屋子里的物品，另一个人开始寻找，在最短的时间里找到对方的人获胜。如此轮换。

猫梨七号虽然破败失修，但是各种神奇的东西很多，因此要想找到变体，没有强大的魔力和灵性是很难的。

这一项由植安奎先来。夏薇薇特意走到他身边，用鼻子嗅嗅，把他的气味熟记于心，自己暗自思考着"彩虹之穹"的女巫大婶教授给她的那个魔法药的配方，它可以有效地遮盖她的气味、呼吸等各种露馅的状况。到时候喷上药水，任凭植安奎再厉害也找不出她。她环视四周，要变成什么呢？翠色的珠宝？墙角的扫帚？桌子？花瓶？点心？有了，夏薇薇灵机一动，先看看植安奎变的，他变什么她就变什么，最危险的地方就是最安全的地方。

"我变好了，你来找我吧。"植安奎平静的声音拉回了夏薇薇的思绪。

唔？竟然这么快，夏薇薇的心一下子提到了嗓子眼，有种玩捉迷藏的感觉，真有趣！她要是找到植安奎，一定会先假装不知道，然后用手捏捏，捏捏，等到他求饶的时候，再放手！想到这里，她一阵得意，出发去找植安奎！

嗅嗅嗅嗅……她只恨自己没长个小狗鼻子，这屋子里到处都是植安奎的气味，哪个东西是他变的呢？按照他臭美加上注重隐私的性格，一定不会变厕所里的东西，也一定不会变厨房里的东西，也不会变自己卧室里的东西……那只有储藏室和大厅了！

"植安奎我看到你了，快出来！快出来！"夏薇薇拿起一块沾满灰尘的抹布，把所有可以看到的东西都用力擦擦，他那么怕脏，一定忍受不了会冒出来的！可是屋子里静悄悄的，一点动静都没有，只听见墙上的时钟滴滴答答地响着，植安奎是铁定心思不肯露面了。夏薇薇也开始从必胜的心态变成了焦急难安。

去储藏室里看看！

夏薇薇打开储藏室的木门，一个回旋的白色小楼梯把它隔成了两部分，屋子角落还摆着一个大书架，紫檀木的质感，看起来奢华又大方，与木架相对的是墙上巨大的镜子，整个房间看起来更大了。

植安奎不会变成一本书了吧？她正打算往书架方向走去，突然发现脚边的一个大箱子里露出了一大丛白色的蕾丝花边，仔细一看，上面还坠着闪闪的钻石。看一看不会有什么问题吧？

夏薇薇实在忍不住心头的好奇，一点一点地把衣服拉出来。

哇，竟然是一款由英国戴安娜王妃的婚纱设计师 Bruce Oldfield 亲手设计的经典白色礼服！柔软的质感，厚重精致的花边，摸起来仿若水一般从掌心滑落。试穿一下会不会有什么问题呢？夏薇薇相信自己足够了解大魔王，这件衣服肯定不是他变的，她小心翼翼地把裙子套在身上，腰身卡得刚刚好，她的气质一下子提升了一个档次！镜子里的女孩美丽到无懈可击。果然是人靠衣装！她心里愉快，不忘摆上一个超级迷人的掐腰动作，啪的一声来了一张自拍。

"已经过去一刻钟了，你还在那里臭美。"突然植安奎十分不满的声音在屋子里响了起来。

啊！

他变成什么了？难道就在这间屋子里？那她刚刚自恋的样子全被他看到了吗？夏薇薇的小脸变成了红柿子，尴尬得不得了。

"我已经看到你了，现在就去找你！你不要出来。"夏薇薇随即向着书架方向走去，手指头摩挲着书页，挠痒痒挠痒痒，这样子他就出来了！

"我在这里，你输了。"

"嗯？"夏薇薇一惊，连忙扭头看去，只见植安奎的影子缓缓从镜子里显现出来，巨大的镜子也随着他的离开逐渐变成一团朦胧的银色光辉。

"你你你你……你怎么可以变成镜子？"夏薇薇的小脸皱成了苦瓜，刚刚她还对着镜子挤眉弄眼呢，却完全没有想到会是……植安奎变的，都是这条裙子惹的祸，害得她放松了警惕。

"现在轮到我找你了，不过变身前，你最好脱下那条裙子。"植安奎没有理会夏薇薇的窘迫，径直离开了储藏室。

变什么呢？她一边想一边用试管调着除去气味的魔法药，随着一缕蓝烟飘出，她有点奇怪地嗅了嗅，记得之前女巫大婶变的是粉色的烟，怎么这次是蓝色的？不管了，她连忙往身上喷喷，开始仔细揣摩该变什么好。

夏薇薇绞尽脑汁，低下头，竟然看见礼服胸前挂着一个可爱的人偶娃娃，那是个可爱的小男孩，还一脸酷酷的样子。夏薇薇灵机一动，随即变成了一个与之差不多的人偶娃娃，啪地贴在了小人偶旁边。植安奎是不会对女人的衣服感兴趣的！哈，她太聪明了！

"我变好了，可以找我了。"夏薇薇大声叫道，随即屏住呼吸，心扑通扑通跳得厉害。她凝神听着木门吱嘎一声打开的声音，紧张地抱住身边的小人偶，默念着千万不要被找到。

"啊！"她心里不由得一阵尖叫，只听见一阵脚步声越来越近，一会儿，衣服就被人高高举了起来，夏薇薇的小脸恰好对着植安奎黑色有神的瞳孔，一时间她吓得浑身发抖。

"嗯？"植安奎正准备把衣服整理好后挂起来，突然发现自己看到了一个从来没见过的女孩子人偶。乍一看去，真像缩小版的夏薇薇！

植安奎看着迷你版的夏薇薇的小脸一会儿红一会白的样子，突然觉得很有趣，他伸手把夏薇薇从衣服上摘下来，放在左手心里，强忍住笑道："我用了不到一分钟的时间就找到你了，你快点变回来吧。"

夏薇薇盯着植安奎的脸，心里又恼又后悔，她怎么全部失策了，没有想到植安奎竟然第一个找的就是衣服。她念着变身魔法，植安奎也很配合地把她放在地上。

奇怪，无论她怎么用力，都变不回原来的样子了，看来看去还是一个人偶娃娃！

"你怎么了？我已经找到你了，不许耍赖不变回来。"植安奎看着她浑身冒着蓝色的光，在地上打旋的样子，心中有几分怀疑，又觉得她在耍赖。

糟了，难道是刚刚的魔法药水有问题？她在地上着急地直跳脚，仰着头向植安奎大声求助："消除气味的药水要怎么解除，你帮我翻翻魔法书。我变不回来了！"

植安奎一直没有听见她在叫些什么，把她托到耳边才最终听清楚了，听完后止不住地哈哈大笑，把她放在自己的肩头，两人一起去翻魔法书。最后好不容易，夏薇薇才变回了原来的样子。

"好，这一次算是我输了，下一项我们来比试中柱仪式，看谁可以把威力发挥到最大，你看如何？"夏薇薇气呼呼地盯着眼底藏着笑意的植安奎，这个魔法是她最得意的，所以她胜券在握。

"不是算你输了，确实是你输了。开始吧！"植安奎收起脸上的笑意，摆出了要比试的架势。

"Eh-heh-yeh！"夏薇薇也不甘示弱，她站在临时搭建起来的圣坛上，默默地念着启动的咒语，心里顿时浮起一股暖意，中柱仪式的四个光球分别代表着王冠、理解、美丽、王国，它在魔法仪式中最温和但操作起来也是最有难度的。

泛着蓝色光辉的白色光球缓缓结成，伴随着夏薇薇平稳的呼吸一点点升到她的头顶，裙摆随着她不断加大的魔力肆意飞扬，她美丽得恍若仙女。

奇怪！

植安奎刚刚把光球升至头顶，只听噗的一声，光球竟然自动散成了一片银色的星星沙，眼看着夏薇薇已经结出了三个光球，他深吸了一口气，凝神屏息，好不容易结成光球，还没有升至头顶，跟上次一样，又破裂了。

怎么回事？植安奎再想发力，只听轰的一声，四个巨大的白色光球直向他扑来，灼热的气息烤炙着他的肌肤，威力惊人！

"啊？"夏薇薇刚刚把结好的光球推出去，睁开眼睛一看，只见对面的植安奎被裹在一片火海中，一动不动，身上的衣服都被烧破了！

他怎么没有变出光球抵挡？夏薇薇也来不及思考，连忙奔到洗手间，端出一盆冷水对着植安奎泼了过去。哗的一声，植安奎像个落汤鸡一般怔怔地站在原地，衣衫湿透紧贴于身，头发乱成一团，湿淋淋地滴着水，俊脸上还粘着烟灰。

"对不起，我刚才没注意，我以为你已经结好了呢。按说我们的光球相抵，不会攻击到人身的，可是你怎么……"夏薇薇万万没有想到自己会弄伤植安奎，看着他狼狈的样子竟然十分难过，心里暗自纳罕，植安奎不可能一点防御能力都没有，这太蹊跷了。

"没关系，这次是我让着你，故意让你赢的，而且我也没受伤，你不用担心。"植安奎看了夏薇薇一眼，嘴硬地说道，"这场是我输了，继续下一场吧。"

谁信呀？夏薇薇怀疑地瞅了一眼植安奎，突然发现他竟然别过头，似乎不敢看她。成王败寇，看来植安奎也有认输的时候。

接下来的一个魔法，夏薇薇故意想了一个比较简单的，只是把房屋里的东西整理归位。可是奇怪的是，植安奎驱动魔法的时候，所有的盘子和碗都会在半空中坠落，如果不是夏薇薇暗中相助，恐怕他厨房的地板就要被一片碎渣铺满了。

"你赢了。"植安奎十分受挫，不过他还是装出一脸倔强的样子，宣告这个完全出乎自己预料的结局。虽然这段时间他经常感觉到自己魔力衰退，可是到今天为止是最弱的，在夏薇薇面前丢脸，真是太难受了。

"那么从今天开始我就要住在这里了！哇，太棒了，好久没有回到这里了！"夏薇薇强忍住不问他魔力衰退的原因，但是植安奎的魔法弱到连简单的空中位移都做不到，而且他身为"公主的守护者"竟然连魔法能力也缺失了，实在是很奇怪！她更加要留下来静观其变。

她气喘吁吁地拖着自己的行李箱，直奔二楼的小卧室里去，那还是她之前住在猫梨七号时植安奎为她准备的。

夏薇薇来到自己熟悉的卧室，没有想到的是，屋子里的摆设跟她离开的时候一模一样，还是粉色的窗帘，床上可爱的维尼熊仍旧乖巧地躺在床头，真的好熟悉。

客厅里，植安奎沉默不语，败给夏薇薇虽然很丢脸，但是他的内心有种无比强烈的意念，有一个声音不断在说，跟从夏薇薇，跟从夏薇薇……所有的一切只有她可以解开……

更加奇怪的是，夏薇薇身上那种奇妙的熟悉感让他备感亲切，虽然她看起来大大咧咧，做事情也有些马虎，但是这一切他都十分自然地接受了，就像他们是老朋友一般。还有二楼的房间，明显是女孩子的卧室，可是他竟然保留了下来，而且总觉得会有人回来住……可是为什么脑子里一点关于那个叫夏薇薇的女孩子的记忆都没有呢？植安奎想到这里，头又开始痛了！

夕阳西下，夏薇薇挎着菜篮子向超市走去，今天她特别开心，回到熟悉的猫梨七号是一方面，更加重要的是她今天总算把植安奎打败了，当然要好好犒劳自己的肚子。

咦？她正走着，突然一种熟悉的压迫感从心底发了出来，她下意识地扭过头，只见高耸入云的帝国摩天大厦上笼罩着一层火焰般的红色，与天空的晚霞相呼应，艳丽极了。

路人纷纷指着大厦，发出连连的赞叹声，唯有夏薇薇迅速把头上的帽子压低盖住脸庞，屏住呼吸，疾步向着猫梨七号走去。

波尔冬哥哥，你怎么还是不肯放过我？危险又要来了……想到这里，她的心头猛地一紧。

## 寻找魔法钥匙

夏薇薇又回到了跟植安奎一起吵吵闹闹的日子。这段时间,植安奎魔力微弱,所以凡事都不敢违拗夏薇薇的意思,乖巧极了。她经常看见植安奎一个人待在卧室里久久不出来,那个时候,她就会把晚餐送到他的门口。

蝶世纪公司的大厅里,夏薇薇托着下巴思忖着,波尔冬哥哥似乎想要发动新一轮争斗,她怎么都想不明白,现在的她一无所有,为什么哥哥还是不肯放过她呢?

"我的小夏薇薇,告诉你一个好消息!"达文西不知从哪里冒了出来,他手里拿着一叠文件,兴高采烈地跑来。他最近头发越来越长,就学会了给自己盘发,如今他正顶着一头他自己发明的"鸵鸟"发型,样子十分滑稽。

自从上次不雅照之后,她已经好久没有接到片约,看达文西这么高兴,事情一定是有了转机。

"林氏财团出资拍摄一部偶像剧,点名你当女主角,开心吗?"达文西大大咧咧地坐在夏薇薇身边,把通告摆在她面前,笑得开怀。

林沐夏?

夏薇薇点点头,心头一阵暖意,一定是他看到她最近人气下降,才想办法帮助她。

"你看起来不是特别开心,不喜欢吗?对了,你是不是在担心朴秀琳?她最近也接了一部片子,竟然跟我们的片子是同期播出,而且跟她拍对手戏的人竟然是韩国偶像明星JS,那部片子原定的女主角本来是你……"达文西想到上次的意外事件,就气得直咬牙。

"我有一个办法,这部片子的男主角可不可以推荐植安奎?他的名气一点都不比JS差,而且我想……跟他合作。"夏薇薇急切地建议着,她一定要争取这个机会让植安奎走出内心的困境,要不然事情将无法解决。

"呃……投资方倒是没定男主角,这件事情我要跟林氏财团商量一下。"达文西有些疑惑地摸摸头,接着冲夏薇薇咧嘴笑道,"你倒是给我出了一个好点子!"

夜色深沉,夏薇薇从达文西的车上下来,径直往猫梨七号的方向走去,她犹豫着要用什么办法让植安奎参加拍摄,刚刚拐过一个漆黑的巷子,脚下突然一空,夏薇薇整个人掉进了一个大水沟里。

怎么回事?通往猫梨七号的路上从来没有这么深的水坑,夏薇薇挣扎着想出来,可是任凭她怎么努力都挣脱不出,脚下软绵绵的,没有着力点,身体却奇怪地沉不下去也浮不起来,更加过分的是,她陷在泥水里一点魔法都使不出来。

"夏薇薇……"黑暗中突然一声低呼升腾起来，带着一丝诡异。

"谁？"夏薇薇警觉地停止挣扎，黑夜被一片暗沉的红光划破，从泥水中缓缓站出一个穿着红衣的高大男子。"波尔冬哥哥……"夏薇薇惊恐地盯着他，声音发颤。上次大决斗，从前最疼她的哥哥竟然想置她于死地，所以她怕极了。

"今天我并不想为难你，让我失望的是你的魔法仍旧没有太多进步，连'困'这种基本的束缚魔法都挣脱不了。"波尔冬脸上浮出一个轻蔑的笑，突然他睁大布满血丝的眼睛盯着泥潭中的夏薇薇："把魔法钥匙给我，给我！"

魔法钥匙？夏薇薇大惊，为什么这么多人对魔法钥匙感兴趣？上次遇到林沐夏，他也向她打听魔法钥匙的事情，甚至还说魔法钥匙与植安奎的失忆有着千丝万缕的关系，现在连波尔冬也要……夏薇薇惊恐地盯着伸到面前的大手，更加不知所措。

"夏薇薇！"突然一声惊呼响彻夜空，远远的一股强大的魔力逼近，灿紫金黄的光辉照亮了天空。

"公主的守护者？"夏薇薇只听见波尔冬自言自语了一句，接着半空中的暗红就消失无踪。

"你没事吧？"湛蓝的光影中，植安奎穿着黑色的魔法袍站在她的面前，伸手拉她。

夏薇薇愣愣的，没说话，刚刚被哥哥吓了一跳，现在她委屈得想哭。她偷偷抹了一把眼泪，拉着植安奎伸过来的手爬出了失去魔力的泥淖，裙子上黑乎乎的全是泥浆，她看起来狼狈极了。

"你怎么来了？"夏薇薇掸掸裙子上的泥浆，仰头问神情严肃的植安奎。

"我晚上出来散步，没想到在家门口捡了个笨蛋。"植安奎清清嗓子，迅速说道，他当然不能告诉夏薇薇他是看天色很晚，夏薇薇还没有回来，就出门四处找她，结果撞上了刚刚的那幕。

"谢谢你，不过刚刚你的魔力好强，我想波尔冬就是因为这个才逃走的吧。"

"呃……"植安奎有些尴尬，发光的那个是吉卜赛之神的水晶球，他情急之下拿出来吓唬人的。

"无论如何，今天晚上谢谢你。我给你带了好吃的田螺嵌肉蓉便当！"夏薇薇晃晃手里的便当盒，站在植安奎身边，她觉得很安心，刚刚遇到的不愉快也跟着消失了。

"我才不要吃那些东西。"植安奎扬起下巴，露出一副很不在意的表情，可是回到猫梨七号后，夏薇薇不过是洗了一个热水澡的时间，桌子上的便当就被他消灭干净了。

还嘴硬说不爱吃，明明很爱吃，夏薇薇觉得很好笑，盯着空空的饭盒，计上心头。

阳光格外明媚，夏薇薇身后跟着一脸不悦的植安奎走出了猫梨七号，两人一起坐上了达文西的凯迪拉克，今天可是他们正式开拍的日子。两个星期来，夏薇薇每天晚上都会给植安奎带回好吃的便当，刚开始植安奎还装作不爱吃，可是到最后，他彻底被美食俘虏了，所以夏薇薇在时机成熟的时候，威胁植安奎说，如果他不参与拍摄的话，第一要断绝每晚的美食，第二个条件就是他要打败她！植安奎这才明白吃了那么多天的好吃的，原来都是陷阱，苦苦思量了一夜之后，他终于让步了，答应去片场看看，至于拍不拍是另一回事。

"植……植安奎先生，跟夏薇薇合作有时候会出些状况，请您一定要多多包涵啊。"达文西见到植安奎说的第一句话就这么没出息，这不是长他人志气灭自己威风嘛。

植安奎听了后竟然相当得意，笑得一脸促狭，气得夏薇薇真想用魔法治治他。

夏薇薇一行人到了摄影棚，夏薇薇和植安奎要先定妆，这次的剧组成员是娱乐圈里炙手可热的金牌导演和剧务，拍摄成功的话一定卖座。夏薇薇不敢小觑，完全按照导演的安排定妆。这次夏薇薇扮演一个被荆棘束缚的小魔女，而扮演王子的植安奎将解救她，情感要表现得很深情。

植安奎一听到这个安排就大呼接受不了，担心自己无论如何都表演不出深情的感觉！夏薇薇和达文西在一旁反复劝说，植安奎才勉强同意换装扮演王子。或许是他天生就带着一股贵族气息，他换上王子装扮后帅到让人挪不开眼球，仿佛他就是个真真正正的王子。

"开始！"随着导演一声令下，夏薇薇很快进入了状态，她浑身捆着荆棘，伤痕累累，无助地躲在山洞里，还倔强地用仅剩下的魔力封堵不断入侵的坏人，看起来十分让人心疼。

达文西拿着手帕站在一旁又哭又笑，夏薇薇的演技炉火纯青，再也不是当年的那个小姑娘了。

植安奎拿着宝剑迟疑了一下，夏薇薇流眼泪的样子，他似乎在哪里见过，很熟悉，也很让人心疼，那种倔强又不服输的表情……大火烧红了天空，一滴晶莹的泪水滴入他的前胸……大家都在欢腾的时候，突然晴天霹雳落下苍茫大雪，一只浑身灿金的鸟……头好痛……他的脑子里迅速闪过一些惨烈的画面，随即陷入一片混沌……

"王子！王子去救遇难的魔女！快去救人！"导演在一旁急得直跳，眼看着魔女受难，王子竟然傻傻地站在原地，一动不动，岂有此理！

植安奎这才意识到自己的失态，他连忙按照导演安排的动作向着夏薇薇的方向冲过去，斩断荆棘。

"呃……"一阵痛彻心扉的灼烧感在接触到夏薇薇的时候传到了他的身体里，当的一声，植安奎的剑插入地上，他也体力不支跪倒在地。

"好冷。"夏薇薇心里说道，浑身哆嗦。刚刚电光火石之间，她的四肢僵硬，寒冷是从骨头里发出来的。她定定地看着满头是汗的植安奎，顿时明白了！

公主的守护者植安奎从完成使命的那一刹那，就已经不再有自由，无论是失掉魔力还是失去记忆，都跟他身上背负的使命有关。对！魔法钥匙……

"你……你们是怎么回事？怎么都不动了？"导演没有想到夏薇薇和植安奎只是痴痴地盯着彼此，戏里安排的动作和台词一点都没有表现出来，气得跳到植安奎面前，夺下他手里的剑挥舞着，"像这样，在魔女奄奄一息的时候，猛地冲过去，斩断荆棘！"导演自导自演展示了半天，发现植安奎仍旧低着头根本没有注意到他，顿时更加生气了，刚刚要发作，却见夏薇薇已经解开荆棘，一脸忧思地盯着导演："我和他之间需要谈谈，导演，请您给我们一点时间。"

"这次试镜一定要通过！否则你要我怎么跟制片交代？听见没有？"导演气急败坏地转身离去，还不忘记瞪了一眼达文西，当初就是这个经纪人拍胸脯保证，他才安排了这次试镜，没有想到一点都不顺利。

达文西站在一旁嘻嘻哈哈地赔笑，安排公司里的人准备咖啡让导演休息一会儿。

"你没事吧？"夏薇薇缓缓走到单膝跪地的植安奎身边，叹了一口气,伸手拍拍他的肩膀,"我有些话要告诉你,我们到那边谈谈。"

植安奎怔了一下,沮丧失落的目光在她脸上停了几秒钟,接着站起身来跟着她向着休息室里走去。

"我想你也感觉到了吧?每次我们近距离接触的时候彼此都会很难受。"夏薇薇坐在长凳上,盯着斜靠在门口的植安奎。

"我也很奇怪,之前我从来没遇到这种情况,是不是你对我暗自用了什么魔法?"植安奎一脸费解,怀疑地盯着夏薇薇。

"我们之间这种感觉,已经不是第一次了,是那个诅咒的原因,而你之所以不记得是因为……"夏薇薇原谅植安奎对她的怀疑和污蔑,但是她必须告诉他失忆的事实,哪怕会伤害他,"你失忆了。"

"哈!哈!哈……"没想到大魔王听后竟然一阵狂笑,"你不要开玩笑了,关于我的生活我记得清清楚楚,从小到大的每一件事我都记得。当初我也怀疑过我失忆了,但是事实证明我没有!"植安奎的肩膀剧烈颤抖了一下,很显然无法接受失忆的事实。

"你明明知道自己的记忆出现了空白,之所以否认是因为你害怕面对,害怕诅咒,你的魔力消失了,所以没有勇气去面对,不是吗?"夏薇薇气得站起身来,他失去的记忆正是关于她的,以及那个要命的诅咒——不得自由。

"我没有失忆,没有失忆,魔力变弱只是暂时的,我的一切都不用你管!"植安奎抱住头大声嚷嚷着,情绪激动,显得十分不成熟。

"你就是不敢面对,现在你看起来像个小孩子,你知不知道?这根本就不是以前的你!你的勇气、胆量、不服气都哪里去了?"夏薇薇觉得植安奎简直不可理喻,他现在就像是一只把头埋到沙漠里的鸵鸟,只知道逃避。

"以前的我……你又知道多少?"植安奎的声音消沉无力,问气急败坏的夏薇薇。

"我……"夏薇薇被问得一愣，她对于植安奎到底了解多少，她自己也不清楚，顿了一下，夏薇薇绕开话题，"请你冷静一点，你听说过'魔法钥匙'吗？我想它可以帮你。"

"我见过那几个字，在一个日记本上，"植安奎说着猛地站起身来，原本消沉的意志突然照进一缕曙光，"'彩虹之穹''命运的枷锁''无法靠近的距离''至冷至热的极端''魔法钥匙'……你说的是这些吗？"他突然想起之前在阁楼里找到的那本泛黄的日记，有一个声音说过会有朋友帮助他渡过劫难，难道那个帮助他的人就是——夏薇薇？

"你等一下，我要问问女巫大婶，关于'魔法钥匙'我一点都不清楚。那天晚上，把我陷入泥坑的人是我的哥哥波尔冬，他也在找这个东西，所以我们必须尽快！"夏薇薇说完，双手合十，开始念召唤魔咒。

植安奎见状，连忙掩上休息室的门，以免被人看见。

突然，一道柔和的蓝色荧光闪过，一个胖胖的影子在薄雾里逐渐清晰。

"你……你！夏薇薇公主，你知道你突然失踪给王宫带来多大的恐慌吗？哼哼，大家都以为是我没看好你……呜呜……好冤枉……"女巫大婶先是指着夏薇薇的鼻子臭骂，接着大哭起来，顺手撩起刚刚走过来的植安奎的王子服下摆揩了一把鼻涕。

"这个是戏服……"植安奎一脸厌恶地想要把衣服扯回来，可是女巫大婶就是不肯松手。

"女巫大婶，对不起，国王爸爸没有怪罪你吧？"夏薇薇小心翼翼问道，顺便把随身携带的手帕递给女巫大婶，她这才抽抽搭搭地放了植安奎的衣服。

"哼哼,你跟白尼斯杜特尔兰王子殿下都不让人省心,他要我瞒着不说,可是大家都知道你失踪了,我真是难做人啊!呜呜呜呜……"女巫大婶哭了一会儿,瞪大眼睛看着夏薇薇,"公主,你召唤我来是不是要跟我回去?那真是太好了,我们走!"女巫大婶说完风风火火地就要拉夏薇薇离开。

"不是的!我想问一个问题——在哪里可以找到魔法钥匙?"夏薇薇又慌又急,大声问了出来。

"你问那个做什么?"女巫大婶立刻松开夏薇薇的手,声音十分警惕,夏薇薇的身子惯性地向后倒去,幸好植安奎撑住了她,才免得她摔个四脚朝天。

"大婶,你要是告诉我,我就跟你回去,这样大家就不会为难你了。"夏薇薇看了一眼满眼担忧的植安奎,冲他感激地笑笑,直起身子哄女巫大婶。

"真的?"女巫大婶怀疑地看着拼命点头的夏薇薇,最终叹了一口气说道,"那是'彩虹之穹'最大的秘密,现在怕只有白尼斯杜特尔兰王子和'渡鸦会'的长老摩卡拉和盛碧拉才知道了。不过小公主呀,知道得太多对你们谁都没有好处。"女巫大婶似乎很累,闭上眼睛缓缓消失在水蓝色的雾气中,"公主,你要信守给我的承诺,找到魔法钥匙之后就跟我回去。"

"总算是有点头绪了!"夏薇薇一脸欢愉,跳到植安奎面前。

"你不担心吗?刚刚女巫大婶的警告……"植安奎盯着她,脸上全是不确信。

"如果可以帮到你,我什么都不怕的,因为……你曾经连生命都不要地守护过我……"

时间突然凝滞,夏薇薇迅速掩住嘴唇,愣愣地盯住植安奎。她怎么会说出这些话？植安奎漆黑的眸子闪耀着她从未见过的光芒,有感激,有心痛,还有信任……

"小……小夏薇薇,你们商量好了没有呀?导演已经喝了十杯咖啡了!"达文西急匆匆地跑了进来,一脸焦急。

"呃……嗯,好了!"夏薇薇这才缓过神来,对着达文西一脸轻松地笑笑,扭过头,她冲着植安奎眨眨眼,植安奎也像是会意一般,跟着夏薇薇走了出去。

# 第4章
# 逢魔时刻

- 墙上的少女
- 危险来临

**【出场人物】**
夏薇薇，植安奎，摩卡拉，盛碧拉，
波尔冬，林沐夏，比尔

**【特别道具】**
摩卡拉的胡子

## 墙上的少女

金碧辉煌的大厅看起来仍旧十分气派,不知道是盛碧拉贪玩还是改了装潢,神圣的"渡鸦会"大厅的墙上竟然挂着一幅美丽的画像。夏薇薇盯着墙上的女孩子,口水都要流出来了。画像中的女孩子低垂着双眸,小脸上精致的五官仿佛有人刻意雕琢,薄纱的裙摆在她脚边铺展开来,黑色的长发垂落到水中,活泼的小鱼在水里来回穿梭……

"我们是来办事的,摩卡拉说拿水晶球换十分钟的见面时间,你不要在这里犯花痴……"植安奎伸手悄悄拽了拽夏薇薇的衣角,摩卡拉非要把植安奎的吉卜赛之神的水晶球拿去把玩,才肯跟他们见面,而且只有十分钟的时间,可是夏薇薇傻愣站在原地一动不动,时间都被她耗过去了。

"你不要催我,这个女孩子很眼熟,总觉得在哪里见过……"夏薇薇推搡着植安奎,目光盯在墙上一点都舍不得挪开。

"走啦!"植安奎觉得夏薇薇对任何一位漂亮的女孩子都会觉得眼

熟，他不耐烦地往墙上看了一眼，心头不由得一颤：确实，不要说夏薇薇，连他都觉得这个女孩子好眼熟，可是又说不清楚在哪里见过……

"你们两个到底要不要跟我讲话？"一声清脆的童音传来，还带着十分的怒气。白胡子的摩卡拉一只手擎着水晶球，另一只手叉腰，两只眼睛气呼呼地盯着一侧。

"长老！你的胡子……"夏薇薇惊得尖叫起来，只见摩卡拉的白胡子突然燃起了熊熊大火，噼噼啪啪地烧了起来。

他们毫不犹豫连忙扑上去为摩卡拉的胡子灭起火来。

"哈哈哈，摩卡拉，谁让你爱生气，都一把年纪了脾气还那么坏，你忘了我给你涂的颜色了！一生气就会着火的！"空中响起盛碧拉夸张的大笑声，不一会儿，她就站在了摩卡拉身边，只听呼的一声，大火就被熄灭了。盛碧拉看着摩卡拉十分委屈地盯着自己所剩无几的胡子，一脸得意地笑着。

"你们两个要问什么就问吧，我来回答。"盛碧拉一副独当一面的样子。

"是问我，当然是我来回答！"摩卡拉恨恨地看了一眼盛碧拉，一点都不退缩。

灰头土脸的夏薇薇和植安奎面面相觑，不知道该听谁的。

"是这样的，我想知道魔法钥匙是什么？在哪里？为什么那么多人都在找它？怎样才能找到魔法钥匙？大魔王失掉的记忆还能找回来吗？还有'公主守护者不得自由'的诅咒，这些该怎么解开？"夏薇薇一连串问了很多问题，总算舒出一口气。

"这个是秘密！"摩卡拉一脸严肃。

"对，是秘密，是对公主的新一轮考验！"盛碧拉补充道。

"当然也是可以解开的！"摩卡拉瞪了盛碧拉一眼，逞强一般地补充。

"这个大家都知道，只有拿到魔法钥匙才能拯救植安奎的灵魂，解开诅咒！"盛碧拉丝毫不客气，盯着摩卡拉大声说。

"不仅仅是这样吧，还有他们最亲近的人，他们必须要解救……"摩卡拉说到这里，突然掩住了嘴巴，长长的眉毛挑得老高，指着盛碧拉大怒，"都是你，害得我把不该说的秘密也说出来了！"

"我不知道我不知道我不知道……"盛碧拉一点都不害怕，冲着摩卡拉挤挤眼睛，耍赖地隐遁而去。

"好了，你们知道得够多了，剩下的自己看着办吧，"摩卡拉抬起手腕看了看手表，叹息了一声，"超过了十分钟，水晶球归我了。再见。"说完，也跟着盛碧拉消失在一片混沌里。

"找到魔法钥匙，找回你的记忆，然后打破诅咒……"夏薇薇目瞪口呆地望着摩卡拉和盛碧拉争吵后消失了，掰着手指机械地数着步骤。

"还要解救一个最亲近的人，记得吗？"植安奎压住夏薇薇的手指，盯着她认真地补充道。

最亲近的人……难道是……爸爸？！夏薇薇心里猛地一颤，距离上次她离家出走，已经过去了很长时间了，爸爸还好吗？

"不管那个人是谁，我们第一步就是要找到魔法钥匙！"夏薇薇稳住心神，给自己鼓气加油。

"夏薇薇，你有信心吗？"植安奎顿了一下，他自从失去了魔力后，做事情都力不从心，渐渐地，他似乎失掉之前的自信了。

"当然！你还记得之前我没有一点魔法的时候，也是很努力去面对一切，更何况我现在是活在人间的'小魔女'呢！"夏薇薇自信满满，脑子里突然想起哥哥嘲笑她说魔力一点都没有提高，真是让人气恼。目光停在植安奎脸上，她浅浅一笑："还有你，无论如何，我们要同心协力，谁都不可以退缩。"

"嗯。"植安奎认真地点点头，唇角露出一抹诚挚的笑容。

回去的路上，夏薇薇和植安奎一路无话，虽然摩卡拉和盛碧拉给他们指了一条明路，但是要到哪里寻找魔法钥匙呢？还有那个最亲近的人，到底会是谁呢？

"今天晚上去甜品屋吃东西吧，我请客。"一直沉默不语的植安奎突然提议。

"唔？"夏薇薇猛然抬起头看向植安奎，什么时候他变得这么热情好客了？想到好久没吃甜点了，她的眼睛都变成了爱心状，"好耶好耶，先吃一份葡式蛋挞，黑森林也很好吃，抹茶蛋糕也不错，还有欧培拉、布朗尼……"

"这么多，你吃得下吗？"植安奎看着认真又馋嘴的夏薇薇，脸又恢复成了冷冰冰、臭烘烘的样子。

"可以打包呀，我留着慢慢吃……"夏薇薇一点都不客气地说道。

植安奎没有办法了，两人直奔甜品屋的方向。

夜色朦胧，银子般的月光倾泻下来，照亮了阁楼。

夏薇薇躺在自己的小床上，心满意足地摸着吃得圆鼓鼓的肚子。

如果每天植安奎都可以像今晚一样请她吃甜点就好了！

吃饱了人特别容易犯困，夏薇薇半眯着眼睛，睡意袭上心头，隐约中她看见一片灿金，逐渐铺展开来。

爸爸！

夏薇薇远远看见"彩虹之穹"的白尼斯杜特尔兰国王穿着正式的宫廷服装，一脸严肃地坐在王位上，他的脚边似乎跪着一个人。

"爸爸，你在罚谁呢？"夏薇薇一脸嬉笑地跑到国王身边，她穿的是自己最爱的一套粉色蕾丝边褶裙，跟往常一样趴在爸爸膝上。国王温和地把手放在她的头上，摸摸她的额头，示意她不要说话。

夏薇薇连忙闭嘴,乖乖地看着即将发生的一切。

"波尔冬,你是我最器重的孩子,为什么要做出那种让人伤心的事情?王室的尊严和纪律你都不在乎吗?"夏薇薇吓了一跳,她从来没有听过爸爸那么严肃的声音,不由得浑身颤抖起来。她抬起眼皮,只见地上跪着的正是一身红衣的波尔冬哥哥,他低着头,双肩颤抖,不知道是不是在哭。

"波尔冬,你知错了吗?"国王顿了一下,声音十分威严。

"知错。"半晌,波尔冬才缓缓抬起头来,只见他的眼睛里全是血丝,紧握的双拳似乎随时要站起来搏击一般,吓得夏薇薇直往国王的怀里躲。哥哥那个表情哪里是知错,明明就是很生气,只不过是强压着罢了。

"知错就好!你继承王位的资格,从此会被取消,这件事情是皇室内部的约定,为了王室尊严,我不想把事情闹大,从此以后你再也不要提起!"国王猛地站起身来,大手揽过夏薇薇,向着大殿外走去,只留下波尔冬浑身颤抖地跪在大厅里。

"爸爸,波尔冬哥哥到底犯了什么错?"夏薇薇终于忍不住问了起来。

"嘘……"国王用一只手指压住夏薇薇的小嘴,脸上竟然多了几分沧桑。

"颁布国王旨令,将他永远锁在王室惩罚之地,永不放行!"白尼斯杜特尔兰国王大手一挥对着门口的侍卫大声命令。

门口传来一阵嘈杂,夏薇薇只听见波尔冬哥哥一声惨烈的尖叫声,心猛地抽痛了一下。

"爸爸,你饶了哥哥吧,他听起来很难过……"

可是一向慈祥的爸爸竟然越走越远,根本就不理会被吓哭的夏薇薇,任凭她怎么喊也不回身……

"夏薇薇,醒醒,醒醒。"一声声低沉的呼唤敲击着夏薇薇的心神。

"啊——"她终于尖叫一声,彻底醒了过来。

昏黄的灯光里，植安奎一脸紧张轻摇着夏薇薇的肩膀。他本来打算入睡，路过夏薇薇房间的时候，竟然听见她又哭又闹，以为她出了什么事情，连忙推门而入，这才发现她做了噩梦。

"我哥哥……他被关起来了，我亲口听见爸爸说的，他犯了错，原来那个要被拯救的最亲近的人，就是我哥哥波尔冬！"夏薇薇慌得不知所措，抓着植安奎的衣服，满脸泪花。

"你不要紧张……"植安奎听她说着没头脑的话，只好拍着她的后背安慰着，"晚上吃多了，大脑缺血所以会做噩梦。早点睡吧，不会有事的。"

"可是梦好真实……"夏薇薇喃喃地说着，手指紧紧地抓住植安奎的衣服，平躺下身子睡了下去："我很害怕……"

植安奎听着她越来越弱的声音，叹了口气，起身要离开，可是衣服被夏薇薇死死地抓住，怎么都挣不开。他怕再用力会弄醒她，只好坐在她身边，看着她进入梦乡。

"血液都供应胃了，所以才会做噩梦吧？"植安奎端详着夏薇薇熟睡的脸，无奈地叹了口气。

## 危险来临

　　清晨阳光熹微，照在暖暖的小阁楼里，夏薇薇的小脸看起来仿佛是透明的，一旁植安奎斜倚着床柱，脸色有几分憔悴，睡得正香。

　　"哈？"夏薇薇睁开惺忪的睡眼，疑惑地盯着手心里握住的白色衬衫的一角，往上看去，只见植安奎靠在床头，眼睛紧闭睫毛很长很长，脸庞平静如玉，帅气又温暖。

　　她发了一会儿呆，连忙松开手指，该不会她就抓着大魔王的衣服睡了一夜吧？想到这里，她的小脸倏地通红。

　　"呃……你醒了？"植安奎被夏薇薇猛然松开的动作惊了一下，下意识地揉揉眼睛，问道。

　　"嗯，你昨天怎么到我的房间里了？"夏薇薇为了掩饰尴尬，连忙问道。

　　"你昨天又哭又闹，我以为出了什么事情，你说你哥哥被关起来……

总之乱七八糟的，现在本少爷好困，要去睡觉了。"植安奎揉揉太阳穴，头痛得难受，他真是一夜没睡好，说完就往门外走去。

波尔冬哥哥……夏薇薇没有吱声，抱着膝盖坐在床上久久沉思起来，昨天晚上的梦又一次真实地充盈在脑海中。怎么办？哥哥被爸爸关在了禁地！

摩卡拉说的那个需要解救的身边最亲近的人，就是波尔冬哥哥！想到这里，她立刻精神抖擞，套上兔子拖鞋，准备着找到魔法钥匙拯救哥哥。

值得开心的是，夏薇薇跟植安奎可谓是合作愉快，他们合拍的青春偶像剧第一集就十分成功，21%的收视率稳居全国收视第一，成功打败了朴秀琳主演的电视剧。而且由于韩国影星JS要去服兵役，退出了剧组，朴秀琳拍的电视剧收视率更低了！

大家都看到夏薇薇和植安奎在屏幕前的成功，却不知道他们之间的魔咒一直没有解开。每次两人要拍对手戏的时候，都得提前做好心理准备，忍受至冷至热的极端，虽然痛苦，但是他们都坚持下来了。

夏薇薇更是敬业，因为她所扮演的这个魔女的角色要受到很多磨难，剧组拍摄一些大型的战斗场面的时候，都要使用"炸弹"这样的高危物品，夏薇薇却不要替身，坚持自己上，着实让达文西感动了一把，连植安奎都觉得她十分敬业。可是夏薇薇也是有自己的理由的，要知道她是懂得魔法的，遇到危险的时候，可以很巧妙地全身而退；而别的替身演员虽然经验丰富，可是她们也不是铜墙铁壁，要是真的出了问题，还是很危险的。除了片场上的火药味比较难闻，再就是每次拍完都是一身的泥灰，却还不能立刻洗澡换装。

不过再苦再难，夏薇薇看到自己和植安奎在屏幕上精彩的表现，还是觉得是十分值得的，连最挑剔的导演都十分满意。

吃完午餐，夏薇薇躺在院子里的长椅上晒太阳，植安奎抱着一本魔法书仔细研习起来。他自从得知魔法钥匙可以帮自己恢复记忆之后，每天都潜心在书本里面，想要找出钥匙所在，可是这么多天来还是没有结果。

他正苦思冥想着，突然发现古老的魔法书里竟然缺了几页，很明显是有人故意撕掉的。

"植安奎，我穿哪件衣服好看？粉色的，米色的还是水绿色的？"夏薇薇抱着好几件衣服，在胸前来回比画，大眼睛盯着植安奎想要征求他的意见。

"我对女人的穿衣打扮不感兴趣。"植安奎白了她一眼，继续埋头钻研魔法，不过看到夏薇薇噘嘴的样子，他还是有些不情愿地伸出一根手指对着那套粉色蕾丝裙子点了一下。

"那我就穿这一件！"夏薇薇会意，跳起来到二楼试衣服去了。

"你今天有通告吗？干吗这么用心打扮？"植安奎突然意识到夏薇薇这种样子有点不太对头。

"没什么事，只是沐今天要为我准备庆功宴！"夏薇薇兴奋的声音从楼梯里传来。

"庆功宴？"植安奎刚刚想加上一句"为什么不邀请我？"可是又觉得有点厚脸皮，只好忍了回去，目光移回到书本上，却一个字都看不进去。他干脆放下书本，走到夏薇薇的卧室门前大声说："既然是庆功宴，身为男一号的我怎么可以不去呢？今天我也要去。"

"可是这次是私人宴会耶，沐给你发请帖了吗？如果有的话我们可以结伴而行。"打扮完毕的夏薇薇从卧室里探出头来，她今天烫了一个梨花头，卷卷的发梢衬托着她尖尖的下巴，看起来精致又可爱。一时间，植安奎看呆了，竟然没缓过神。

"看你的表情就知道你没有收到请柬，今天晚上我给你带好吃的回来好了，宴会不是我办的，我没法把你带进去。"夏薇薇噘起嘴巴，安慰地拍拍他的肩膀，抬起手腕看看时间。正在此时，门口响起嘀嘀的汽车喇叭声，夏薇薇的脸上立刻绽放出笑容，"大概是沐来接我了，那我先告辞了哟！你的魔法书看得怎么样了？冰箱里还冻着一个三明治，不过是昨天的，你还是不要吃了，我会带好吃的回来给你哟，Bye-bye！"

"一点礼貌都没有，在别人家门口随便按喇叭！"植安奎盯着夏薇薇蹦跶蹦跶渐渐消失的背影，小声嘟囔着，"不就是吃一顿饭嘛，干吗要打扮得那么花枝招展！"

"你刚刚说什么？"一阵熟悉的声音传入耳朵，植安奎吓得直跳起身来，瞪着突然出现在面前的夏薇薇结结巴巴地问："你又回来干吗？"

"拿包包啊，刚刚太匆忙所以忘记了。"夏薇薇很着急，拿起房间里的银色手包直接奔了出去。

"好好玩。"植安奎机械地说了几个字，猛然发现后背都汗湿了，看来不能随便在别人背后说坏话。他撇撇嘴，百无聊赖地盯着天花板。哎，为什么夏薇薇一离开，他就觉得仿佛世界都变单调了呢？

五彩斑斓的烟火，闪耀炫目的灯光，曼妙的音乐回响在耳边，夏薇薇刚刚步入舞池，突然从人群中走出一位戴着黑色面具的少年，他迅速揽住夏薇薇的腰，在空中来了一个大幅的旋转，夏薇薇先惊后喜，享受着醉人的浪漫。

"欢迎我们的宴会公主夏薇薇入席！"舞会主持大声宣布，人群里到处都是喝彩声。

一瞬间舞会上所有的灯光都聚集在了夏薇薇的身上，她有些不适应地向后退去，身体恰好靠在戴面具的少年身上。她停住脚步，露出一个官方微笑，那是达文西苦口婆心教会她的。

"不想笑也不用勉强的。"温柔的叮咛声在她耳畔萦绕，戴面具的少年一只手撑住她的肩膀，另一只手缓缓摘下脸上的面具，食指上不菲的钻戒闪着璀璨的光。林沐夏俊逸的脸庞从晦暗到明晰，他对着夏薇薇微笑。

"沐！你今天很不一样！"夏薇薇吃惊地盯着林沐夏，突然发现原来他那么帅气和炫目。

"嘘……"林沐夏做了一个噤声的动作，突然凑到她耳边，压低声音道，"我想我们很快就可以找到魔法钥匙了。"

魔法钥匙？

夏薇薇惊得睁大眼睛，为什么每次林沐夏都走在她的前面呢？连魔法钥匙都……

"找到魔法钥匙之后，你和植安奎之间就不会再有太多联系了。"夏薇薇还没来得及回话，林沐夏又补充了一句。

"我不希望跟植安奎没有任何关系，你刚刚说的是什么意思？"夏薇薇扭头盯着林沐夏，他微笑的脸庞淡然到仿佛什么都不曾发生过，这让她很难理解。

"做任何事情都是有代价的，这个我们都无能为力。"林沐夏意识到夏薇薇有些不高兴，低下头叹了一口气，舞池里的聚焦灯旋转到了别处，他的脸色更加暗沉。

"那么找到魔法钥匙的方法是什么？"夏薇薇把话题引到正题上，心里打鼓。

"接受斯克瑞·唐的电影邀约……"林沐夏凑到她耳边，轻声嘱咐了一句，转身离开。

斯克瑞·唐？三次获得奥斯卡提名的国际名导？他怎么会向她发出邀请？

夏薇薇刚刚想要再问，林沐夏已经消失在了人群里了。

月光铺洒在郊区的公路上，一身黑色西装的比尔开着黑色加长林肯护送夏薇薇回去。舞会刚刚进行了一半,夏薇薇就连呼头痛,提前离席,好在豪华的宴会阵容并没有因为她的离开而冷场,仍旧十分热闹。不过让她感动的是,正应酬着客人的林沐夏听到她不舒服,一直陪在她身边,直到把她送上车后,还独自一人站在宴会厅门口目送她。

突然,一声刺耳的刹车声传来,心里烦乱的夏薇薇身子猛地向前栽去,车子在地上急速旋转,她被晃得头晕眼花,胃里翻腾得厉害,幸好她系着安全带,要不然整个人都会飞出去。

不知道过了多久,车子总算平稳下来,夏薇薇勉强起身向外看去,可外面黑黢黢的什么也看不到。

"啊?"突然车子明显地倾斜了一下,车头向下栽去,夏薇薇惊得寒毛直竖,大声叫着比尔,可是身边静悄悄的没人回应。

咯噔!

车子顿了一下,接着像是滚雪球般哗啦啦地往下坠。

"蔷薇十字!"夏薇薇满身是汗,手指迅速驱动魔法,黑暗中,闪着金色光辉的巨大十字架飞扑过来,红色的蔷薇花瓣四散,托起下坠的车子猛地向上升去。

夏薇薇趁着车子在半空中的短暂停留,用力抓起身边昏迷的比尔,打开车门向外滚去。

轰的一声,夏薇薇只听见山崖下传来一声巨响,整个人就躺在了冰凉的地面上,胳膊肘在逃命的时候被车门挂了一下,现在正火辣辣地疼。她这才明白刚刚车子卡在了山崖边上,稍不留神,她可能就小命不保。还不知道比尔怎么样了,夏薇薇剧烈喘息着,爬起身子寻找比尔。

"国王最宠爱的公主,刚刚那滋味感觉怎么样?"黑夜被红色的暗影撕裂了一道口子,一个巨大的人影渐显,波尔冬的嘴角挂着一抹诡异的微笑,整个人看起来十分阴沉。

"哥哥?"夏薇薇惊呼,眼睛盯着浮在半空中的波尔冬,他没事!

他是自由的，原来上次的梦是虚幻的，他根本就没有受惩罚。然而她的欣喜只在脑子里持续了几秒，手臂上黏稠的湿热惊醒了她，刚刚的车祸是……

"如何找到魔法钥匙，告诉我！"波尔冬大声命令，眼睛看起来猩红骇人。

"刚刚是哥哥制造的车祸吗？你怎么可以那样做？弄不好我会死掉的！"夏薇薇觉得好难过，原本她还替哥哥担心牵挂，现在看来都是多余的。

"你是魔女，怎么可能会死？要是我不耗尽你的魔力，现在恐怕就要跟你进行一场恶战了，我不想跟你动手。"波尔冬注意到夏薇薇闪烁着泪花的眼睛，立刻错开了目光，加大声音道，"我只要魔法钥匙，其他的我什么都不要！"

"我没有钥匙，哥哥你的占有欲太强了，就算我有钥匙也不会给你的。"夏薇薇哭泣起来。

"你……"波尔冬发起怒来，一只长手像是装了弹簧迅速逼近她的脖子。

当的一声，半空中突然飞过一道银色的光芒直击在波尔冬拉长的手臂上，他痛得猛地一缩，作势再要进攻。

"我以'彩虹之穹圣女艾普丽'的名义，要你停止对王室成员的侵害！"嘹亮的声音刺破了黑夜，风扬起黑色的魔法袍，植安奎修长的手指夹着一枚弹回来的硬币，满脸肃然。

"圣女艾普丽……圣女艾普丽……圣女艾普丽……不——！"波尔冬像是被什么刺激到了一般，十分痛苦地一遍又一遍地重复着咆哮着，最后他巨大的身子缩成了一个暗红色的小点，隐遁不见了。

天空一轮明月从云端探出头来，给地面镀上了一层柔和的光晕，法国男人比尔昏倒在一旁，一动不动。

"大魔王……我想今天我又办错事情了……"夏薇薇眼巴巴地看着哥哥消失,小脸皱成了苦瓜,哇哇地大哭起来。

"不要哭。"植安奎的额头上顿时出现三条黑线。他来是帮忙打架的,不是来劝人的,再说他对女孩子哭从来一点办法都没有。可是夏薇薇的眼泪就像是漏雨的天空,一哭就停不下来。

戳,再戳,再戳!植安奎蹲下身子,手指用力地戳着躺在一旁的比尔。

"你告诉她不要再哭了。"看到比尔睁开他湛蓝的眼睛,植安奎立刻站起身子命令道。

"刚刚发生了什么?我撞到人了吗?我的天啊,刚刚一个穿着红色衣服的男子站在车前,我差点就撞倒他!"比尔根本没有弄懂植安奎的意思,反而自己掩着脸自怨自艾,顿时一个大男人和小姑娘半夜一起在山崖上号哭的场面华丽展现……

林沐夏的手下到底是一帮什么人?遇到车祸自顾自地先晕倒,醒来之后再痛哭!

植安奎气呼呼地蹲在他们前面,等着他们哭完好回家。

"你的魔法恢复了吗?为什么一提到那个什么圣女,波尔冬哥哥就消失了?"夏薇薇皱着眉头,擦了一把眼泪问道。

"我也不知道,不过魔法书上说……'彩虹之穹圣女艾普丽'的魔力可以约束大皇子——也就是你那个粗暴野蛮不讲理的波尔冬哥哥,所以我就试了一下,看来是有用的。"植安奎点点头,看似轻松的脸庞,眼底却闪着复杂的神色。彩虹之穹的圣女艾普丽,那个传说中美丽到不食人间烟火的女子已经失踪了很久,自从那之后,从来不下雪的云端上的国度开始下雪,变得寒冷……

# 第5章
# 致命魔术

- 艾美奖提名
- 溢彩流光

**【出场人物】**
夏薇薇，植安奎，波尔冬，比尔，达文西，
神秘的少女丽塔，林沐夏

**【特别道具】**
硕大的椰子球

## 艾美奖提名

太阳从乌云下探出脑袋。

夏薇薇难得惬意,这几天她几乎都是神经紧绷,现在趁着雨过天晴,她戴着墨镜,躺在碧绿的草地上休息。

咚的一记闷响,疼痛在脑门上散开来。

"是谁?讲讲礼貌好不好?这样子趁别人睡着偷袭真的很没创意!"夏薇薇恍惚觉得被人敲头的不快感很熟悉,气呼呼地坐起身子。

咕咚咕咚——几个灰溜溜的圆球从她身边滚了过去,头顶上一片碧蓝的天空,巨大的椰子树上长满了硕大成熟的椰子。

"哇哇!长在树上的椰子哟!"夏薇薇几乎是跳着站起身子,兴高采烈地站在椰子树下。突然,她意识到自己的头很有可能是被某一个椰子砸到的!不过看在它们那么可爱的分上,还是原谅它了。

"哎,这里真美呀,太阳温暖,沙滩金黄,还有好多热带水果,要是可以一直待在这里就好了！"夏薇薇愉快地躺在热乎乎的沙滩上，惬意地看着前方一望无际的大海。

"这个不过是你的一厢情愿，在'命运的枷锁'的束缚下，我们没有人是自由的。"金色的阳光里响起一串悦耳的叮当声，一位顶着水罐的少女的身影逐渐清晰，她白色的长裙下细细的脚踝上绑着银色的铃铛，正光着脚丫沿着沙滩向着夏薇薇走来。

好漂亮的女孩子！可是她怎么会知道"命运的枷锁"呢？

"你不记得我了吗？那一天我请你吃过欧培拉。"美丽的女子蹲下身子，十分小心地把水罐放在一旁，黑色的长发落在沙子里，沾满了金黄色的沙粒。

"对，我想起来了，你是……"夏薇薇看着她，手掌拍拍脑门，好像有点印象，可是又记不起来，真的快要疯掉了。

"那边……"少女扬起手臂，指着天边绚烂的红色晚霞，示意夏薇薇去看，"矗立在云端的高塔和神秘得似乎永远走不到的小岛，你不想去看看吗？"

夏薇薇顺着她指的方向看去，隐约可以看到高塔在云间的影子，她的好奇心顿时被勾了起来，连忙问身边的女孩："看起来不是很远的样子，你带我去！"

"我去不了，那里只有用心去感悟，才可以找到路。而我的心里，没有那条路。"少女低下头，垂下的眸子里隐约可以看到一层水雾。

夏薇薇侧过脸认真地盯着少女，虽然听不大懂她说的话，可是看着她要哭的样子，夏薇薇也很难过，于是小声说道："虽然很想去那里，可是找不到路……"

呃……夏薇薇突然呻吟起来，对面的高塔突然发出一道刺眼的光芒，彩霞般炫目的环形拱门出现在她面前，薄薄的墙壁似乎一捅就破。

"你看到通道了吗？在我们面前！"夏薇薇伸手去拉身边的少女，惊喜到无以言表。

"我看不见,看不见,请你记得帮我问问他,问他还记得那个被囚在魔法禁地的丽塔吗?"少女满是泪水的眸子闪烁着,她痛苦地捂住嘴唇,喃喃道,"你可以去那个高塔,是因为你的心里住着一个人,而他就在那里。"

"问谁?"夏薇薇还想再问,可是她的身子已经不由自主地沿着彩虹通道快速向着高塔奔跑过去。

璀璨的光辉越发强烈,对面的高塔闪着钻石般的光辉,直插云端。

她每走近一步,就更加确定,她来过这里。

而这个高塔上住着的是……植安奎!

那个女孩子叫丽塔,她要问的人难道是……植安奎?

啊——夏薇薇还没有回过神来,身后好像有一双大手推着她一个劲儿往塔上跑去。耳边的风呼呼地吹过,于是她脑海中最不可思议的一幕出现了——自己竟然在与地面呈九十度的建筑物上步履如飞。

"小姐,我见过你一次,你是第二个来拜访我的人,尽管还是同一个人。"熟悉的声音,却带着一丝过于礼貌的陌生感,夏薇薇猛地抬起头,植安奎俊逸的脸呈现在她面前。

"你果然在这里。有一个叫丽塔的女孩要我问问你,你还记得被囚在魔法禁地的她吗?"夏薇薇盯着植安奎,一样的穿衣打扮,一样的五官,一样的举止……可是总有哪里感觉不对劲。

"丽塔?"植安奎疑惑地揉着太阳穴,想了好一会儿才摇摇头道,"我从来没有见过这个人,哎,总是待在这个塔里,什么人和事都记不清楚了。"

"不是的,你一直跟我在一起,住在猫梨七号!"夏薇薇连忙反驳。

"猫梨七号是哪里?而你,跟我也只是见过两面而已,没有住在一起的。"植安奎很客气地笑笑,回身往屋子里走去,"我要请你喝咖啡,跟我来……"

跟上次发生的事情一模一样！

"不要！我不要喝咖啡，这里不是你应该待的地方，跟我走！"夏薇薇猛然觉悟，当他转身走开的时候，整个人就会陷入迷途和混沌，她也会迷失在可怕的黑暗之中。而这个没有记忆的不完整的植安奎，或者就是他失去的那一部分记忆！想到这里，她紧紧抓住植安奎的衣角，任性地不肯放开。

"呃……"植安奎被夏薇薇扯得一怔，他缓缓扭过头，难以置信地盯着被扯住的衣角。突然他睁大眼睛，目光中全是惊恐，大声叫道，"带我离开，夏薇薇，带我离开……"

嗖的一声，黑暗中一片利刃划破了植安奎的衣服，夏薇薇重重地跌倒在地上，而植安奎身后巨大的黑色旋涡把他迅速卷走了！

"不要！"夏薇薇无力地尖叫着。

"夏薇薇，醒醒！你又做噩梦了！"植安奎用力摇晃着夏薇薇的身体。那天晚上车祸之后，竟然下起了大雨，植安奎消耗掉了自己的魔力，只好把夏薇薇背回了猫梨七号。可是因为淋雨，她有点发烧，回到家就卧床不起，在梦里一会儿笑一会儿哭的，植安奎只好担起照顾她的重任，自从回到家，他都没休息一下。

"植安奎……"夏薇薇迷迷糊糊地睁开眼睛，脑子沉沉的，鼻子耳朵好像被堵住了似的，很不舒服。眼前的植安奎看起来十分狼狈，来不及脱下的魔法袍上沾着灰白的泥点，不过他的眼睛里却闪着喜悦的光辉。

"你醒了？正好，那就赶紧把这碗粥给我喝下去，听别人说感冒后喝粥好得比较快。"植安奎臭着一张脸，凶巴巴地说。

"我想我找到另一个你了。"夏薇薇完全没被大魔王的表情吓倒——她太了解他了，嘴上很凶，心里其实是很担心她的。夏薇薇猛地抓住植安奎的衣服，刚刚的梦境在她的脑子里迅速转了一圈，难道植安奎的记忆是被"命运的枷锁"锁住了？她无比坚定地望着微微诧异的植安奎，一字一句道："另一个你，就在你缺失的那一部分灵魂和记忆所在的地方。"

时空仿佛凝滞，植安奎愣在原地盯着夏薇薇。

"呜呜呜……我的小夏薇薇，你没事吧！"达文西的声音在猫梨七号的一楼响起，然后以迅雷不及掩耳之势迅速波及到二楼，接着哗的一声，夏薇薇卧室的门被他推开了。达文西伏在门框上喘了半天的气，这才猛地奔到夏薇薇床头，眼泪汪汪地看着她："听说你出车祸了，没事了吧？有没有哪里在痛？"

"我没事了。"夏薇薇看着达文西真心为她担忧，心里一阵暖意，微笑着冲他挥舞着胳膊，做出一副身强体壮的样子。

"夏薇薇小姐，抱歉这么晚才来看你，你还好吗？"林沐夏抱着一束淡粉色蔷薇，放在夏薇薇床头，他身后还跟着一脸羞愧的比尔。

"夏小姐，实在是对不起，都是我的错。"比尔低头道歉，他蹩脚的中文听着很搞笑。

"没事的，我没有受伤，大家都没事才是万幸，比尔你不用道歉的。"夏薇薇冲着他调皮地眨眨眼。既然是波尔冬想要他们出车祸，比尔纵然是驾车高手，也会一点办法都没有的，所以她不怪他。

"谢谢你们来看我，我好开心。"夏薇薇抱过蔷薇，放在鼻端嗅嗅，好香。

咦？她抬起头，寻找着植安奎的影子，一眨眼的工夫，这个大魔王怎么不见了？

"你一定要快点好起来，上次你拍摄的电视剧反响不错，艾美奖评委会提名你为最佳女主角，开心吗？"林沐夏弯下腰拉住她的手，浅笑的脸上，温柔的眸子里浸满喜悦。

"真的？"夏薇薇简直开心坏了，走上演艺之路这么长时间来，她从名不见经传的小角色到走到国际舞台，并且获得大奖提名，这一切简直就像是在做梦,"达文西,沐说的是真的吗?"夏薇薇扭过头一脸期冀地盯住宠溺着她的达文西。

"是真的,我的小公主。"他揉揉夏薇薇乱糟糟的头顶。

看着她开心微笑的脸,几个人都会心一笑。

植安奎站在门口,拿着毛巾擦拭着自己疲惫的脸。听着屋子里的欢笑,为夏薇薇高兴之余,他心中却泛起点点酸楚。让夏薇薇做一位公主,一个受人喜爱的明星,不再为他失忆的事情苦恼,是不是更好一些?想到这里,植安奎心底一阵黯然,这样子的他,没有魔力,只会拖累夏薇薇。

## 溢彩流光

艾美奖颁奖典礼。

帕萨迪纳礼堂灿金旋转的舞台上，美国女主持人在一群芭蕾舞者中缓缓走出，迈着夸张的舞步，裙角翻飞。穿着笔挺西装的高大欧洲男人立在她身边，随着她动人的歌声摆出各种 pose。

歌声突然高扬起来，从后台旋转出来一群身着金色舞衣的妙龄女郎，把气氛掀到了高潮，台下的观众们纷纷起身鼓掌。

公司为了让夏薇薇显得更加有气场，特意为她量身定做了一套黑色蕾丝褶皱花边的旗袍，她端坐在台下的观众席上，心里惴惴不安，虽然听林沐夏说她获得了提名，但是是否获奖要到最后揭晓的一刹那才会知道。

突然，一片绚丽的星星灯影落下，拱门中走出一位身材颀长的男士，等到他走到灯光下，夏薇薇才猛然发现，这位颁奖嘉宾竟然是林沐夏！

她的心怦怦直跳，现在是要宣布最佳女演员的时候了，坐在下面的每一个被提名的人都紧张万分！

舞台上，林沐夏低头看了一眼手里的提示牌，唇角挂着一抹微笑，他的目光注视着台下的观众，脸上显出一丝莫测的神情。

"夏薇薇，别紧张，没事的，得不得奖都没事，重在参与、重在参与！"达文西坐在夏薇薇身边，大手紧紧抓住她的手，浑身颤抖。

夏薇薇本来没有紧张到哆嗦的程度，被达文西一捏，像是被传染了似的，立即紧张得坐立不安。达文西哪里是在安慰她，分明是在吓唬她。

"接下来，我要揭晓的是，艾美奖喜剧类最佳女主角的获奖演员——"台上的林沐夏故意拉长了声音，惊得台下演员们更加紧张，突然，一片金色的光芒从天而降，大家的注意力稍有转移，"夏薇薇！"

刚刚林沐夏在叫她的名字吗？夏薇薇猛地一顿，坐在原地不知所措起来。

"她第一次获得艾美奖提名，第一次获奖，她最大的优点就是吃亏是福，最大的缺点也是吃亏是福，她把给人带来幸福视为生命的动力和源泉……"典礼司仪滔滔不绝地介绍着夏薇薇。

"夏夏夏夏夏薇薇！是你！真的是你！快上去啊，林少爷要给你颁奖，快去快去！"达文西推着夏薇薇，心里激动又开心，一路走来的酸甜苦辣在这一刻被见证，他一不留神，竟然落下眼泪来。

夏薇薇什么也顾不得，深吸了一口气，冲大家挥挥手，起身向着舞台中央走去。耳边喧闹的鼓掌声，喝彩声她全听不见，眼睛里看见的只有林沐夏高高地举着艾美奖杯冲她微笑。

"仅以此奖，颁给我最好的朋友，夏薇薇！"林沐夏把奖杯放到夏薇薇的手里，对着话筒大声说道。

夏薇薇心里一动，在这国际舞台上，林沐夏竟然说这么私人的话，她还没回过神来，整个人就被推到了舞台中央。她望着台下，第一眼就看见了哭得稀里哗啦的达文西，原本不想流眼泪的，被他这么一感染，夏薇薇再也忍不住喜极而泣，回想着这些年来的各种艰辛和喜悦，她握紧话筒大声说："谢谢达文西，他一直站在我的身后，支持我，现在他坐在下面为我流眼泪，真的好感谢他……"

"恭喜夏薇薇荣获最佳女主角这个重量级的奖项！接下来，有请夏薇薇小姐参加一场史上最神奇的魔术表演，由世界顶级魔术师，同时也是表演界人气新星的植安奎先生为我们带来！"典礼司仪走到夏薇薇身边，抱住她不断颤抖的肩膀，对着台下颇有感触的观众大声宣告着。

什么？大魔王也来了吗？当初他们来美国参加艾美奖的时候，竟然到处找不到他。她在机场等了好久，直到飞机起飞都没看见他。她还私下里以为植安奎对于自己同样参与了电视剧却没有获得提名难过，没有想到他竟然以最出其不意的形式，出现在属于她生命中如此重要的时刻。

突然，舞台变成了红色，台下掌声雷动，巨大的拱形门里走出一位穿着魔术黑袍的魔术师少年。他的手里握着一张魔术师惯用的红色手帕，俊逸的脸上神采奕奕，对着台下的观众灵巧地挥舞了一下手帕。

正当观众们凝神在他双手上的时候，植安奎猛地甩开手帕，一条手帕瞬间变成了十几条彩色丝带，一群色彩斑斓的鸟儿扑扇着翅膀向着观众席飞去，一时间漫天都是飞鸟，观众们惊得目瞪口呆，场内瞬间爆发出热烈的掌声。小鸟儿们又飞回到了植安奎身边，他手法娴熟地旋转手帕，鸟儿们神奇地消失了。

观众们盯着他，不明白那么多鸟儿们都去哪里了。

突然，夏薇薇惊叫起来，哗哗哗的响声从身后响起，五彩的鸟儿从她的裙摆下刷刷地向着天空飞去。一位魔法助手拿起几个大笼子，植安奎抓起小鸟，把它们一只一只地放回大笼子里。

舞台下的观众们更加兴奋了。

"现在有请夏薇薇小姐与植安奎合作表演一场魔术，大家猜猜他们会变些什么魔术呢？尤其是我们毫无经验的夏薇薇小姐！OK，擦掉你的眼泪，展示你的风采吧！"典礼司仪大大咧咧地推着夏薇薇往植安奎的身边走。她走一步顿一下，心中的激动按捺不住，获奖的兴奋与表演魔术的紧张让她情绪都不受控制了。

一道信任的目光朝她看过来，耀眼的植安奎向着她伸出右手，在她手递过来的那一刹那，一个吻落在了她的手背上，温暖又柔软。

夏薇薇猛地掩住嘴唇，她从来都没有想过一向冷冰的大魔王会对她如此示好，惊得一句话都说不出来。植安奎只是定定地望着她，深邃漆黑的眸子里闪着谜一样的光彩。

"我什么都不会，怎么办？"夏薇薇忍受着一阵阵刺骨的寒冷，好不容易稳住呼吸，对着植安奎做口型。

植安奎会意一笑，旋身拉起她面向观众，深深地鞠了一躬，夏薇薇又惊又怕，只好跟着植安奎鞠躬，她低头的那一刹，只觉得自己的脸色一定难看死了，抬起头的时候，她才展出"自然"的笑容。与此同时，大魔王的手一定滚烫得想冒汗吧？

"一位美丽的助手存在的意义就是可以有效地分散观众们的注意力，跟着我的指示来。"植安奎突然低声叮嘱她。

"可是……"她的话还没有说完，舞台已经变成了一片黢黑，安静得一点声音都没有。

大魔王已经失掉了他的魔力了，在这国际大舞台上，他可以吗？想到这里夏薇薇就浑身冒汗，身上一阵寒一阵热。她一定要好好帮助他，关键时刻用魔力相助。可是舞台这么黑，她什么都看不清楚。

黑暗中，她的手指被轻轻勾起，一支动人的舞曲缓缓响起，她的身体被一股力道带动，整个人都要飞起来了。

黑暗中，植安奎的手上变出了许多五彩的星光，光线伴随着她每一次的跳跃不断变换。

美丽的身形加上夺目的光影,夏薇薇恍若童话里的仙子。她吃惊地盯着环绕在身边眼前的五彩星点,空气中蔓延着一股蔷薇花的香味。

温度逐渐升高,植安奎扶住她的腰,把她高高托起,流光溢彩在她的眼前四散开来,夏薇薇惊得咯咯直笑。乐声突然高调起来,节奏骤然加快,夏薇薇还没有回过神来,植安奎扬起双臂,舞池上所有的物体都凭空升起在半空中,连夏薇薇也整个人腾飞起来。她大惊,半空中的她看起来像是一只即将起飞的黑天鹅,美丽得让人炫目。

她一点都没有感觉到魔法的力量,那么这一切都是他用魔术的技巧完成的吗?

哗啦啦一片掌声响起,全场观众都被他们精湛的表演和默契的配合打动了,他们纷纷站起身来,竟然还有人饱含热泪!

夏薇薇的身体这才缓缓落在地面,舞池变成一片雪白,碧绿的湖水背景荡漾着,硕大的舞台中央竟然只剩下她一个人!

植安奎呢?

夏薇薇连连鞠躬,迅速退到幕后,澎湃的内心久久无法平静。魔术谢幕了,可是真正的主角植安奎去了哪里?他怎么有如此大的本领,让观众纵然是看不到他也肯为他鼓掌喝彩!

"夏薇薇,恭喜你!"幕布后,温柔又熟悉的声音传到她的耳中。

"谢谢。"夏薇薇猛然抬起头,逆光中一身白色西装的林沐夏看起来格外挺拔。

"植安奎他似乎受伤了,夏薇薇,发生什么事情了吗?"林沐夏微微蹙眉,他不解地看着夏薇薇,"从台下观众的反应看来,魔术似乎没有破绽,可是到最后谢幕的时候,突然一道莫名其妙的红光射到舞台中央,接着就什么都看不清了。"林沐夏摊开双手,面带难色,他在幕后统筹全局,却意外地发现了刚刚的问题。

红光?受伤?难道说……刚刚波尔冬哥哥来捣乱了?

夏薇薇的心扑通一下沉了下去，那个臭屁的大魔王不留下来参加谢幕一定是怕被人看见他受伤。她的心揪痛，看了林沐夏一眼，迅速向着幕布后面跑去："请你务必替我向达文西转告，我有事情先离开一步，最后到酒店见面。"

"等一下！"林沐夏几步向前叫住了她，"你知道刚刚你们在舞台上表演的魔术叫什么名字吗？"

夏薇薇止住脚步，扭过头来盯着林沐夏。

"致命魔术——溢彩流光，预示着死亡之前最美丽的生命，绚烂却短暂。"林沐夏叹息道。

"沐，你不要用胡说来吓我，魔术都是假的！"夏薇薇皱着眉头，大步向着剧场外奔去，怪不得会有观众流眼泪，怪不得她的心一直不安，原来这个魔术本身就太残酷，植安奎那个大笨蛋不会真的要死掉吧？肯定不会的。要是每个魔术师表演完魔术后都会死掉，那这个魔术岂不是要失传了？波尔冬哥哥不会伤害他……夏薇薇在心底默默祷告着，心头又酸又闷，扬起手臂摸摸脸蛋，竟然湿了一大片！

植安奎那个大魔头居然害得她担心到流眼泪了？

夏薇薇咬咬嘴唇，向着无边的夜幕奔去。

"蔷薇十字，带我找到植安奎！"夏薇薇大声念道。一道巨大的十字架铺到了她的脚下，她微微卷曲的发间，红色的蔷薇花绚烂地绽放，小脸上一双漆黑的眸子无比坚定。

咚的一声，夏薇薇刚刚跳到十字架上，半空中凭空压下来一张巨手。夏薇薇闷哼一声，抬头看见波尔冬哥哥放大的脸在半空中若隐若现，她又急又怒，双手顶着压下来的冲击力，整个人都被困在十字架下动弹不得。

"夏薇薇，不要自不量力，植安奎不过是去做他应该做的事情！"波尔冬压低的声音逼入她的耳朵。轰隆一声，夏薇薇脚下的十字架碎成了一片细沙,她没有了魔法支撑,整个人重重地跌倒在地上。

"啊!我的礼服!"浑身发痛的夏薇薇正准备奋起直追,低头一看,自己身上的礼服被烧得破破烂烂的,"从此以后,你再也不是我的哥哥了!"她对着天边的一缕猩红大声叫着,隐约感觉到似乎有大批人马赶了过来,心想一定是媒体记者听到了动静,而她又狼狈极了,连忙做了一个隐身的魔法,小心地潜回了酒店。

夏薇薇先逃回自己的房间,把黑色的礼服处理掉,接着冲冲澡,又给自己套上了长裤长袜,直到把自己裹得一点看不出战斗受伤的痕迹才敢去见达文西。

因为获奖,少不了要有一番庆祝。觥筹交错之际,她只觉得林沐夏盯着她的眼神十分怪异,她没心思考虑他的想法,心里最担心的是毫无音信的植安奎,让她难过的是,在场那么多人,没有一个人提到植安奎,好像大家都把他忘记了一般。

这顿原本应该很圆满的聚会,夏薇薇感到特别忧伤,大魔王,但愿你不要有事情……

"干杯!"夏薇薇举起酒杯,对着面前的一片虚无,心里暗暗思量,这杯酒是敬给你的,谢谢你今晚带给我的惊喜——植安奎。

参加完艾美奖颁奖典礼,下了飞机的第一件事,夏薇薇就直奔猫梨七号。长时间没有人居住,这里已经布满了灰尘,夏薇薇先是裹上头巾围裙,楼上楼下地大干了一场。扫除完后,她虽然有些疲惫,但是看着这里变得窗明几净,心里就大感畅快,植安奎要是回来,会不会给她一个大大的表扬呢?

她正躺在沙发上自我陶醉,突然看见桌角摆着一个亮晶晶的东西。一阵好奇心驱使着她,会是什么好东西呢?

她急忙走过去,只见一个黑色的包裹里发出璀璨的光辉,她蹲下身子打开一看，竟然是吉卜赛之神的水晶球！咦，这个水晶球上次不是给摩卡拉了吗？它怎么又回来了？

夏薇薇正百思不得其解，猫梨七号的大门突然打开了，耀眼的光芒从门口照进来，植安奎颀长的身子一步步往屋子里走来，沉重的脚步敲击着夏薇薇的心。

"啊，你回来了？你还好吗？"夏薇薇开心地迎过去，凑到他身前，大眼睛从头到脚地仔细打量他。植安奎脸上虽然有点倦色，但是看不出受伤的痕迹，身上的衣服也很整洁，应该没事。夏薇薇心头压着的重石突然放了下去，她不由自主地重重呼了一口气。

"你头上是什么？"植安奎看到她并没有感到惊讶，扬起手臂从她的头顶上摘下一片枯叶。

"这个……是……"夏薇薇的脸倏地通红，都是刚刚修剪草坪，头上沾了草叶。

"我去了一趟'渡鸦会'，摩卡拉把水晶球还给我了。"植安奎注意到她绯红的面颊，环视了一遍整洁干净的屋子，心里已经明白了七八分，感激之余，他仍旧装出一副不动声色的样子，指了指夏薇薇手里的水晶球。

"这样子哟，他说了什么吗？"夏薇薇点点头，把水晶球放回到黑色的包裹里。

"我看见了……美拉王妃和上届守护魔法师植川仁的画像……还有……"植安奎咬咬嘴唇，脸色惨白，他定睛看了一眼愣在一旁的夏薇薇，似乎想要说什么，最终还是忍住了，原本温和的态度突然变得极度冰冷，"我累了，先上楼休息了。"

刚刚他的眼神是怎么回事？陌生、怀疑，甚至还有点点怨恨……

夏薇薇心里咯噔一下，植安奎在"渡鸦会"一定发现了什么重要的线索，所以他的记忆在一点点恢复。那么他为什么会怨恨她呢？到底发生了什么？

　　美拉王妃和魔法师植川仁的画像她早就知道了，似乎他们之间隐含着些许王室禁忌的秘密，植安奎身上的禁忌也是与那段往事有关的，难道说又有了什么新情况吗？

　　她越想越乱，看着一步步上楼的植安奎，瞳孔一缩，心里念道："定！"

　　顿时几道粉色的光线迅速向着楼梯上飞去，围住了植安奎的身体，他本能地往后看去，可是绳索已经把他捆得无法动弹。

　　夏薇薇看着他挣扎了几下后乖乖地立着不动，心里一阵伤感，他的魔力退化到连最简单的捆绑魔法都解不开。她的手指像翻飞的蝴蝶，在半空中迅速转了一个圈，挺直的食指对着植安奎的背影，"读心之术"的魔力悄然启动，灿紫流光中，夏薇薇的意识进入植安奎的记忆层，有了上次的经验，这次她格外小心，尽量不惊扰他的保护意念。

　　"啊！"夏薇薇一声尖叫，连忙避开了一道灼热的攻击，植安奎的脑子里正在上演一场厮杀！熊熊烈火，爆炸的战斗机，焚烧起来的怪兽，波尔冬哥哥放肆的攻击……

　　衣衫褴褛的植安奎浑身是血，他正在跟一位金发少年战斗，两人同时淹没在一片火海中。突然，夏薇薇听见那少年说了一句话："植安奎，你纵使有再强的魔力，也躲不过命运的诅咒，现在回头你还来得及！王室的成员就是想要利用你，耗尽你一生的记忆和自由，为王室效力！包括那个看起来无害的夏薇薇，她就是王室的最佳代言，而你除了牺牲只有牺牲！想想你的爷爷植川仁，他就是一个惨烈的教训，为什么你还不觉悟呢……"接着就是一声刺耳的狂笑！

　　什么！难道说在那次终极战斗的时候，植安奎已经知道自己的结局了吗？可是他还是义无反顾地走上了不归路！

　　夏薇薇定睛一看，那个金发少年，不就是曾经和植安奎进行魔法对决的卢玛尔吗？

与此同时,卢玛尔也发现了她,劈手一道魔法电光朝着夏薇薇袭来。夏薇薇躲闪不及,眼睁睁看着带着死亡气息的光芒逼到自己眼前……

突然,这道魔法电光被一个蓝色光球挡了回去。

夏薇薇抬起头,看到植安奎冷冷的侧脸。嗯,夏薇薇突然想到,自己这是在植安奎的脑子里,所以,他还是一个无所不能的魔法师!

"笨蛋!怎么不知道逃走?!找死呀!"

熟悉的咆哮声响起……

"植……"夏薇薇轻声叫他。

这一幕,是多么熟悉!


"笨蛋!怎么不知道逃走?!找死呀!"

在那次昏天黑地的魔法对决中,植安奎就是说着一模一样的话出现的……

"笨蛋!怎么不知道逃走?!找死呀!"

是的,再没有什么比听到这句话更令此时的夏薇薇欣慰的了。

她陷入了对那次大战的回忆——

魔法的气息凌厉地吹着,夏薇薇的身体被猛地往下推了一下,跟着一道黑色的影子华丽地绽放,迅速对着前方的大怪物扑过去,两个速度极快的物体相撞,顿时炸成了一片红色的火海。

"植……植安奎……"半空中,夏薇薇逐渐下坠,黑色的发丝弥漫开来,她眼睁睁地看着那个黑影跟大怪物一起葬身在红色的火焰里……她甚至没有来得及看清他的脸……

天空中不断落下烧焦的黑色灰屑,翻翻腾腾地裹住她的周身,刚刚的那一幕,她还没有完全反应过来。

他回来了!终于回来了!他还是回来帮她的!并没有抛下她!

她就知道植安奎会回来的,因为她那么强烈地需要他……他听到她的求助了!

风还是那么烈,热气逼迫着她的眼睛,心头不知道怎么回事,为什么酸了一下,眼睛涩涩的……似乎……

"啊!"她的心绷紧了,红色的火海散去,她的眼睛清晰地看见了立在空气中的熟悉的影子,尽管衣衫褴褛,被风撕扯成一片一片的,可是她知道……植安奎……还活着……

那个影子迅速下滑,快得像一只飞鸟……直直地向着她的方向,接着,她腰上被轻轻一托,下坠的身子停滞在了一个有力的怀抱里。

"你乖乖待在猫梨七号,好好把屋子给我打扫干净,剩下的就交给我了!"植安奎英俊的脸上布满灰尘,如同深潭般的眸子盯着夏薇薇的眼睛,很认真地叮嘱她。

飘扬的黑发间,她可以看见他脸上的伤痕,一丝丝地渗出鲜血。

呜……植安奎还是回来了,她知道不会是她一个人的事的,这下子大家都来了,大家都来帮她了!想到这里,夏薇薇竟然一句话都说不出来,鼻子发酸……

"不要哭,现在不是流眼泪的时候。"植安奎抱着她一直把她放在猫梨七号的门口,"现在,我们需要齐心协力,没有人可以选择懦弱,所以要加油。"

夏薇薇瞪大眼睛看着他,硬是把眼泪憋了回去。

眼看着植安奎丝毫不惧地再次战斗,她深深地吸了一口气,手中挥动着魔法棒,逐字逐句地念着"修复"的魔法,倾侧的屋子上,红色的蔷薇花,簌簌的紫风铃,粉嫩的豆蔻……像是被感召一般沿着破裂的墙体一点点蔓延开来,直到灰色的墙壁上生机勃勃地长满了翠色的叶子和鲜艳的花朵。

"这种事情,也有我一份的!"夏薇薇屏住呼吸,她从来都没有感觉到自己像今天这么勇敢过,难道这都是植安奎给她的力量吗?

突然，她在人群中看见了一个金发少年，白衣黑裤只绚丽地一转，突然少年变成了一只长满硬毛的飞兽，阴鸷的目光对着翻卷的天空直逼植安奎，凶狠的獠牙暴露在空气里，眼睛里粘着血腥……他是卢玛尔？！怎么变成这……怪物了？！

植安奎有危险！

她连忙放倒了身边的一个巨型飞蚁，顾不得自己受伤的肩膀，向着飞兽奔去，在它即将扑到植安奎的一刹那，夏薇薇拉出一条魔法丝线捆住了飞兽的脚。

"卢玛尔！你怎么可以学习黑暗魔法！"植安奎像是意识到了，转过头，看到辛苦喘息摇摇欲坠的夏薇薇，瞳孔缩起，挥动魔法棒对着飞兽当头一棒！

飞兽发出一声惨烈的嘶鸣，卢玛尔身上的毛发渐渐褪去，苍白的脸上写满不甘！

"真正要赢我，就用正义的魔法，不要让我看到你邪恶的一面！"植安奎的声音自暗处发出。

卢玛尔挣开夏薇薇的钳制，只是瞪了她一眼，接着飞身向着黑暗处奔去。

"你一定要小心！"夏薇薇急切叮嘱，希望植安奎可以平安无事。

可是天空一下子黑了下去，她一瞬间什么都看不到。

夏薇薇的眼神搜索着黑黢黢的天幕，心里着急得不得了。

…………

原来，原来各种颜色混杂在一起之后就会变成最污浊的黑色……因为……因为……他们终于联合在一起了吗？

夏薇薇愣了一下，感觉黏稠的空气无法呼吸。

"我将以爷爷的名义——守护美蒂缇拉朵西亚王妃——守护夏薇薇公主！"伴随着一声清亮的呼喊，一根黑色的魔法棒无限地放大，蓝色的魔法光辉带着强烈的电流和力量刺破黑暗，天空突然绽放出无数绚丽的烟火，各种各样的颜色，时而相对，时而奔离，黑暗的天幕逐渐明朗，高贵的紫色，华丽的蓝色，绚烂的红色，精致的黄色，从猫梨七号的琉璃屋顶飞过，在天幕转着圈圈，像是调皮的儿童，舍不得飞走一般，一片湛蓝之后，瞬间天空变成了紫色，紫色过后，又变成了黄色……

一阵轻扬的乐声滑过，天空突然安静下来，绽放过斑斓的色彩之后，到处都飘扬着彩色的花瓣，带着挥之不去的香味，围绕着天幕下的每一个人……

银色的星星沙……

一片，又一片，缓缓跌落的是……漫天的雪花……落在裸露的肌肤上，有点寒。

夏薇薇矢车菊一般美丽的眸子在密集的人群中搜索着，哪怕看见他黑色的法袍一角，哪怕是听到那声熟悉得不能再熟悉的"笨蛋"或者"傻瓜"……可是就是找不到他。

植安奎他……他有可能会死掉啊！

世界好安静，夏薇薇无助地蹲下身子，双手掩住了面庞……

"笨蛋，还愣在那边干吗？没看到本少爷挂彩了吗？快过米扶一把啦！"

人群中，那个熟悉的咆哮的声音，专属于夏薇薇的超级生气的声音。

太阳透过密集的人群，给每一片落雪都镀上了一层金边，光影中，衣衫褴褛的少爷懒洋洋地立在街边的邮筒旁，隔着人群那么远，却又那么让人挪不开目光。

"植安奎，你……你没有死！我以为……呜……"夏薇薇心头发酸，脚步踉跄了几下，像是扑向最美丽的晨曦，但是最终站在地上没有移动一步。

或许时光就被定格在了这一刻。

刚刚结束了魔法大战的碧空之下,公主目不转睛地看着她的守护者。而那个骄傲的少年魔术师,虽然受了伤,嘴角却挂着一抹笑意。

两人的目光在错综的人群中相遇。

不再被弹开。

就这样静静地、长久地注视着,勇敢而又坚定。

可是,魔法对决之后呢?

在那之后,夏薇薇就成了被魔术师遗忘的公主;而植安奎,则成了被皇室封印的守护者……

国王爸爸的话响起在夏薇薇的脑海:

"我的小薇薇,你的眼泪已经和那孩子缔结了'王室契约',那孩子的二分之一灵魂就将被锁在'彩虹之穹'的高塔之中……"

还有植安奎在猫梨七号找到的那本残破的日记,里面那些看似神秘莫测的词汇"彩虹之穹""命运的枷锁""无法靠近的距离——至冷至热的极端""永恒的守护""王室和魔法师""魔法钥匙"……现在,一切都有了答案。

他在"渡鸦会"发现了什么?或许,他的发现正是自己此刻的发现吧?夏薇薇叹了一口气,那么骄傲的魔术师,却要因为一滴眼泪而守护终身不变的誓言,失去自由,他一定……很难过吧?

记忆……自由……所有的一切都应验了!怪不得植安奎会怨她。

"呃……被发现了!"夏薇薇的胸口发闷,植安奎的记忆层已经开始崩溃,挂在他神经脉络上的金色小锁纷纷响了起来,她连忙收住身形逃了出去,大声喘息起来。

"你刚刚对我做了什么?"已经解开控制的植安奎跳转过身,质问夏薇薇。

"呼……我……"夏薇薇没有想到植安奎竟然会对"读心之术"有感

应，一时间没想到什么好的点子哄骗过去，结结巴巴地答不上话。

"女人，不要在我家里随便使用魔法！还有，我不喜欢被人绑着！"伴随着大魔王的咆哮声，夏薇薇才猛然发现他的腿上还绑着粉色的绳索，怪不得他刚刚转身的样子那么奇怪。她连忙跑到楼梯上，在植安奎的白眼中迅速帮他解开束缚。

"等一下！"夏薇薇见植安奎要走，连忙叫住他，她想知道他心底的真实想法。卢玛尔不是全无道理，植安奎现在的所有不幸都是她造成的，她懊恼又害怕，捏紧手里的绳索压住胸口，认真地问："你还会信任我吗？"

"怎么说呢？"植安奎停下脚步，叹息了一声，"如果不信任你，恐怕早就把你赶出这里了吧？"

呃……夏薇薇还站在原地发愣，植安奎却早就回到了自己的房间里掩嘴偷笑。她还真是容易受惊吓，有很多东西都是命中注定的事情，他守护着王室的公主，就算那人不是夏薇薇，换成别人也会照旧如此，这些他早就看开了。

咚咚咚，一阵敲门声拉回了植安奎的思绪，他打开门，只见夏薇薇面色涨红地杵在门口，紧握的双手来回搓着，样子很窘迫。

"怎么了？"植安奎盯着她，故作不知地问。

"我们之间命运的枷锁似乎没人可以打开，连高高在上的'彩虹之穹'的国王爸爸都没有办法。纵然如此，我还是要努力走下去……"夏薇薇越说越窘迫，然而话还没说完。

"我也是！"

伴随着植安奎的回应，夏薇薇觉得仿佛天空都变得灿烂，心底的自信被无限放大。

"啊——"一阵彻骨的冰凉侵入她的身体，她面前似乎有什么把她重重地往后推，夏薇薇捂着发痛的屁股盯着同样摔倒在地的植安奎。他双手捏着耳朵，龇牙咧嘴地似乎被烫到要尖叫起来，样子滑稽极了。

"哈哈哈哈！"夏薇薇忍不住大笑起来，她还是第一次看到植安奎这么难受的表情。

"喂，女人！你笑什么？闭嘴啦！"大魔王的咆哮声突然响起，震动着猫梨七号的屋顶。

"只是，"夏薇薇仍旧没有忍住笑，"看到这样的你，觉得好熟悉。"

植安奎愣了一下，最后不知道为什么，也跟着夏薇薇哈哈大笑起来。

# 第6章
# 又见彩虹

- 魔女的钥匙
- 海底冰窟

## 【出场人物】
夏薇薇，达文西，朴秀琳，林沐夏，植安奎，丽塔，
SL娱乐公司经纪人，机器人少年，斯克瑞·唐

## 【特别道具】
机器人少年

## 魔女的钥匙

"夏薇薇小姐,请问对于获得艾美奖有什么感言?"

"林沐夏先生在颁奖典礼上说你是他最好的朋友,请问有什么别的寓意吗?"

"植安奎先生和你在表演致命魔术后竟然不参与最后的谢幕,到底发生了什么呢?"

"夏薇薇小姐,今后对于娱乐圈你有什么想法?"

"对不起对不起,这些问题会在接下来的记者招待会上作出解释。"达文西护着身前的夏薇薇,一边对付蜂拥而至的记者,一边往公司里走去,早已热得满头大汗。

夏薇薇对着身边的记者时不时露出微笑,点头致意,心里直打鼓。自从她获得艾美奖之后,每天上班的时候都有一大群记者围在公司门口,还好达文西每天早上都来"护驾",让她好过一点。

"呼……"到了公司里面,达文西才重重呼出一口气,拿起助手递过来的毛巾抹了一把汗，刚刚想要跟夏薇薇说话，却发现她的目光被墙上的一页宣传画吸引住了，站在那里一动不动。

"怎么了？"达文西凑过去，满墙的宣传页，夏薇薇只对斯克瑞·唐导演的海报感兴趣，她清澈得如同深潭的眸子里闪着异样的光彩，达文西从来没有见过她这样热情地对待一份通告。

"这部片子，我可以参加吗？"夏薇薇扭过头，定定地看着达文西。

"干吗要费那么大的功夫，斯克瑞·唐对演员十分挑剔，而且这次甄选女主角的竞争者还有朴秀琳，她现在人气下跌，想尽一切办法想要打入国际舞台；而你不一样，你完全没必要蹚这趟浑水……"

"你看这里，"夏薇薇打断达文西的话，指尖划过海报上的电影名字，"斯克瑞·唐决定筹巨资拍摄一部魔幻大片《魔女的钥匙》，而我已经等它好久了。"夏薇薇说着，脸上展出一抹欣慰的笑容，那天晚上的假面舞会上，林沐夏在她耳边说过，找到"魔法钥匙"的唯一办法就是接受导演斯克瑞·唐的邀约，现如今，机会到了眼前，她绝对不可以错过。

"你真的以为可以打败我接演这部电影吗？你未免太瞧得起自己了！这部魔幻大片，你还没看清楚它对女主角的要求吧？"一声刺耳的叫嚣在夏薇薇耳畔响起，朴秀琳裹着一件珍珠白的披肩，黑色的墨镜让她看起来格外气质不凡，上扬的唇角说明她十分自信骄傲，完全不把夏薇薇放到眼里。今天她是来参加记者招待会的，为上次在济州岛合拍的电影宣传造势。

"走吧，记者招待会要开始了。"达文西看着夏薇薇双眼冒火的样子，连忙用胳膊肘推推她，如果现在夏薇薇发脾气，随行的记者会很快爆料她"不尊重圈子里的前辈""目中无人"这样的负面新闻。

夏薇薇只好瞪了朴秀琳一眼，小嘴哆嗦了一下没说话，朴秀琳却一点都不在意，十分老到地微微一笑，和她并肩往记者招待会的方向走去。

她刚刚进门，就听见一阵咔嚓咔嚓的拍照声，朴秀琳立刻收起之前一脸不屑的表情，露出亲切的微笑，对着媒体愉快地招手。夏薇薇微愣地看了她一眼，这个女人控制情绪的技巧绝对是一流，恐怕连之前借住在她身体里的女巫大婶都要自叹不如！

记者招待会上，还好有达文西提前给夏薇薇准备了说辞，她才不至于太窘。谈到跟朴秀琳合作的过程，夏薇薇又不得不对着媒体说了许多违心的话，无非跟着前辈学习了很多，朴秀琳很照顾她这样的话，事实上全是反的！

眼看招待会就要结束了，突然台下冒出一个戴着黑色墨镜的记者，他直接把话筒对准夏薇薇："夏薇薇小姐，前一段时间网上疯传你的不雅照片，请问你对于这件事有什么想法？大家都说这是你想要爆红的炒作方式……"

"对不起，那些东西都是无中生有，今天大家是来宣传新片的，希望大家可以尊重演员的隐私。"达文西站起身来，替夏薇薇挡了回去，可是她的脸唰地红了，尴尬极了。

"我想夏薇薇拒绝回答应该有自己的理由吧，每一位明星从出道到成名都要经历一些波折的，夏薇薇也不例外。"朴秀琳拿起话筒替夏薇薇回答。

什么嘛！说得跟她真的想借照片炒作一般，夏薇薇气得直瞪眼，那些东西还不都是朴秀琳害的！

"听说国际著名导演斯克瑞·唐即将开拍一部魔幻大片，这部片子的制作班底十分强大，所以演员阵容也很豪华，现在大家都看好朴秀琳，请问夏薇薇小姐会参与这次试镜吗？"又一位记者站起身来。

"我想参加这次电影合作，对于走上国际舞台会有很大的帮助，而且我也乐意与前辈切磋。"夏薇薇看了一眼朴秀琳，对着话筒解释，虽然她还没有接到导演的邀请面试函，但是现在对着媒体表达出心意，至少不让朴秀琳那么嚣张。

果然，夏薇薇的话刚刚说完，朴秀琳冒火一般的目光就朝她瞪了过来，与此同时闪光灯亮成一片。

夏薇薇和朴秀琳的脸迅速微笑起来，给这次招待会带来圆满的结尾。

结果第二天的时候，娱乐报纸头条就是"人气新星夏薇薇与当红女星朴秀琳貌合神离，明争暗斗"，而且还把她们瞪彼此的眼神拍了下来，中间加了一道闪电火花，给人一种剑拔弩张的感觉。

夏薇薇看到这张报纸的时候气坏了，蝶世纪唱片公司费尽心思要把她包装成一名形象健康的艺人，可惜作为歌手她一直红不起来，刚刚通过拍戏拿了奖，负面新闻就接踵而至。唉！明明已经掩饰得很好了，可偏偏还是逃不过记者这一关。

可能是夏薇薇在记者招待会上表明了心意，达文西在第二天就收到了电影面试的邀请函。

达文西抱着邀请函看了半晌，那张大叔脸皱成一团，手指戳着上面的面试要求嚷嚷："小夏薇薇，你看这些要求：魔女的成长过程——性格先是可爱澄净的；后来她又要成长为一个救世济民的侠女，眼神要求刚毅，坚定；后来这位魔女受到恶势力的侵扰，要求表现出矛盾纠结的心情，混乱中不失清纯，魅惑中带着点清丽；再到最后，魔女实现愿望的时候，要她表现出飘逸出尘，宁静致远……夏薇薇，你确定要去参加试镜吗？我怎么感觉这是有意为难。"达文西捏着邀请函，一脸难色。

"导演的要求好奇怪。"夏薇薇疑惑地拿过邀请函，她以前收到的通告，对于人物的拿捏从来没要求这么复杂过，而且更加匪夷所思的是，导演并没有给他们剧本和台词，只给了她一个魔女的性格转变过程，至于怎么转变，却是谜。

"以你现在的演技，魔女成长的第一个过程是完全没有问题的，可是后面两个过程，魅惑中带着点清丽……飘逸出尘……这个似乎有点难度。"达文西托着下巴沉思，这样看来，魔女这个角色还是朴秀琳扮演更加合适，她骨子里透着一股子艳劲，而且她有足够的社会经验，年纪也比夏薇薇大很多，饰演起来也会更加得心应手，"夏薇薇，我们完全可以接拍别的电影，我并不希望你这么急于求成，什么事情都需要一个过程，现在你的年纪还小……"

"达文西，我知道你考虑的一切都是为我好，但是接拍这个电影是我必须要走的路。"夏薇薇顿了一下，拍这个片子并不是为了成名，而是要寻找到那把钥匙，解救植安奎被封存的记忆，这才是最重要的。而且惦记着那把钥匙的并不只有她一个人，还有波尔冬哥哥。

"那好吧，既然是你决定的事情，那么就一定要加油！"达文西想了一下，握住夏薇薇的小手站起身来。

天空下起了毛毛细雨，一直不见晴好。

猫梨七号的屋顶开始漏水，夏薇薇端着盘子四处跑，又是接水又是倒水，四周看起来都湿淋淋的。

"你是谁？怎么会在我家？"植安奎穿着白色的睡袍，一脸迷茫地看着忙碌的夏薇薇。

"你起来啦？肚子饿了吗？"夏薇薇冲着眼前的"失忆宅男"微微一笑。

"不饿。"植安奎说完，转身又回了卧室。

夏薇薇却低下头，眼泪不听话地掉了下来。

植安奎的记忆开始一点点地缺失，他失忆的状况也越来越频繁，越来越严重。前几天她就发现他不太对劲，总是看见植安奎不停地看照片，记人名，还在冰箱上、桌子上写满了注意事项。他还总是忘记参加魔术表演，离开家门之后又会很奇怪地转回来，问夏薇薇他是不是忘记带东西了。夏薇薇当时很奇怪，仔细看去，才发现他没有穿鞋子就出门了。她又气又恼，说植安奎不爱清洁，丢三落四，直到有一天植安奎出去了好久都没有回来，她担心地出去找他，最后用了魔法才找到在大街上漫无目的地闲逛的植安奎，问他为什么不回家，他却说忘记了路。

丁零——丁零——，门铃响了起来。

夏薇薇吓了一跳，擦掉脸上的泪花，起身去开门。无论如何她要尽快找到魔法钥匙，否则植安奎会忘记一切，她不知道后果是什么，只知道自己无论如何不能让这件事发生。

"沐！"夏薇薇惊喜地叫道，只见林沐夏提着很多生活用品和好吃的甜点来拜访她了。

"这些是我自己亲手做的甜点，带过来给你们品尝一下。"林沐夏眯起眼睛笑笑，把手里的袋子提到夏薇薇面前。

"谢谢，真的很开心你来。"夏薇薇接过甜点，邀请他进来，林沐夏的肩膀被雨水打湿了，额前濡湿的刘海参差不齐，露出明亮的眼睛。

"夏薇薇，没有想到屋子漏雨这么厉害，这里很像水帘洞。"林沐夏抬起头看着雨水从墙壁缝隙里钻出，笑着开玩笑。

夏薇薇只是微笑，她在林沐夏面前一点都不觉得难为情，而且还把他的话当成是赞美。

"沐，你先等下，我叫植安奎出来吃点心，甜点他也十分喜欢呢。"夏薇薇对林沐夏点点头，兔子拖鞋在地面上发出啪嗒啪嗒的声音。不一会儿，穿着睡衣的植安奎从卧室里走了出来，他看起来瘦了很多，面色十分憔悴。

"植安奎，你还记得我吗？"林沐夏友好地伸出右手。

"当然记得，林氏财团的少爷！"植安奎白了林沐夏一眼，坐在夏薇薇身边。

夏薇薇不可置信地盯着植安奎，他连她都不记得了，为什么会记得林沐夏呢？可是看到林沐夏微微尴尬的样子，夏薇薇连忙把点心摆到小盘子里，招呼植安奎："这里有很多甜点，快来品尝吧，是沐做的哟！"

她说着从冰箱里拿出果汁和牛奶，给大家一人倒了一杯。

"我对做点心的男孩子没有好感。"没有想到植安奎把头扭过去，看都不看桌子上的点心，一副气鼓鼓的样子。

"植安奎，点心很好吃的，你不吃的话我们要开吃了！"夏薇薇瞪了一眼不配合的植安奎，有点不好意思地冲林沐夏眨眨眼，算是道歉。

林沐夏只是笑笑，不以为意。他看着夏薇薇贪心地吃着甜点，心里开心极了，自己也拿起一块点心吃了起来。

"这里，"林沐夏看了一眼夏薇薇，只见她的嘴角沾着许多奶油，扬起手臂帮她擦掉，两人相视一笑，十分默契。

"斯克瑞·唐的电影试镜你准备得怎么样了？如果实在太辛苦，我想邀请植安奎到我家去住一段时间，你觉得怎么样？"上次诊断出植安奎正在失忆的那家医院就是林沐夏帮忙介绍的，所以他很清楚照顾一个脾气不好又忘事的病人有多么辛苦，而且夏薇薇还要准备试镜。

"我不要去！"一直沉默不语的植安奎大声叫道。刚刚他亲眼看见林沐夏和夏薇薇旁若无人的亲密接触，弄得他心里怪怪的，有点闷又有点酸，可是桌子上涂满了巧克力酱和草莓酱的精致甜点看起来好好吃。他盯着点心咽了好几口口水，肚子也不争气地跟着咕噜咕噜叫起来。

"你不想去没有人会强迫你的。"夏薇薇看着他馋嘴的样子，突然觉得很好笑，拿起一块烤得金黄的蛋挞塞到了他的嘴巴里。现在正在生病的植安奎需要人照顾，猫梨七号是他最熟悉的地方，他不能离开这里。

"沐，谢谢你考虑这么多。"夏薇薇感激地看了一眼林沐夏，"这几天我一直在琢磨导演的意思，我想他要在一部电影中展示那么多的情绪变化，一定有他的用意，或者他在向我们暗示什么。"夏薇薇放下手里的点心，认真地看着林沐夏。

"你是说故事里的女主角要展示的情绪都是真实的，也就是说，这些不仅仅是拍电影……而是所有的一切都会真实上演，在现实生活中！"

林沐夏震惊地盯着夏薇薇。

"必须去感受痛苦、热情、忧伤……一切的感受都会使你永远失去一些东西,而一切的感受又会使你的内心世界更加丰富。"夏薇薇喃喃地说着,她的目光逐渐深远,宁静得如同大海,渐渐沉淀出一种不曾见过的情绪。

"夏薇薇,我从来没有见过你这种眼神。"林沐夏还是有些吃惊。

"也许是我从植安奎身上学来的,这几天照顾他,让我学会了忍耐和包容。"夏薇薇的目光落到正在贪吃点心的植安奎身上。

"喂,你们干吗都用那种眼神看着我?"植安奎似乎注意到了身上的目光,抬起头怀疑地盯着夏薇薇和林沐夏,竟然从他们的眼神里看出许多悲悯。

他们是在同情本少爷吗?有没有搞错?植安奎对着两人凶巴巴地瞪了一眼。

"植安奎,我在想,等到我参加'魔女的钥匙'的演出时,你会来给我捧场吗?"夏薇薇笑得眉眼弯弯,一点都看不出她难过的痕迹。

"哼!我才不要在你那幼稚的表演上找麻烦呢!"植安奎不满地瞪了一眼夏薇薇,从桌子上抱起几个没吃完的点心,闭上眼睛赌气向卧室走去。

林沐夏惊讶地盯着行为如同小孩子一般的植安奎,满心疑惑,可是夏薇薇的脸上却是十分宽容的微笑,似乎早就对他的行为习以为常了。

"哈哈,沐,你不要觉得奇怪,他就是这个样子,生起气来就变成小孩子了,也许是记忆被吞噬的原因吧。他小时候估计就是这种脾气,口是心非的样子还是很可爱的。"夏薇薇对着林沐夏解释,脸上是满足的笑容。

林沐夏为夏薇薇苦中作乐的情绪所感染,也跟着微笑起来。

善良的女孩子看起来永远是最美丽的。

## 海底冰窟

斯克瑞·唐把试镜地点定在了保利拉菲庄园,绿意盎然的园林使得大家心情格外愉快。

蝶世纪公司和SL娱乐公司都派了不少人来"护驾",因为大家都听说夏薇薇与朴秀琳之间素有怨结,因此都不敢大意。

"导演要求试镜的演员先进行体能测试,请你们听我口号!"草场的小木屋里走出一位穿着白色T恤的男孩子,他虽然年纪不大,但是看起来格外老成严肃。

"不好意思,我们是来试镜的专业演员,不是来参加军训的跟班,你们导演呢?"朴秀琳的经纪人难以置信地看了少年一眼,走到他面前不屑地说。

"我来喊口号,从这里快速跑到对面,然后再跑回来进行三级跳!两分钟的换衣服时间!"少年面不改色,丝毫不理会朴秀琳的经纪人。

"我说要找你们导演！"经纪人被完全当作空气，心里十分不悦，大声质问。朴秀琳的脸色非常难看，她今天盛装出席，现在要做体能测试，岂不是自找麻烦？

"小夏薇薇，这个导演好奇怪，你可以吗？"达文西偷偷用胳膊肘碰了夏薇薇一下，心里直打鼓，"我还真怕SL公司给导演走后门呢，看那男孩子的反应，我有些放心了。"

"那个少年是机器人，没有想到斯克瑞·唐竟然有这么高端的技术，真是匪夷所思。"夏薇薇凑到达文西耳边小声说。

"你怎么会知道？"达文西简直要佩服夏薇薇了。

"秘密！"她冲他眨眨眼，一脸坏笑。

"剧透一下，这部片子讲述的是一个被囚禁的魔法师得到魔女的拯救的故事，魔女要找到魔法钥匙才可以打开囚禁之地，据说挺感人的，你做好心理准备。"达文西拍拍她的肩膀，这小道消息还是他费尽千辛万苦得来的。

魔法钥匙？被囚禁的魔法师？这个难道是……戏里戏外，真真假假，或者这次导演根本就不是在演戏，而是一场真实的拯救计划！

"预备！"少年不带感情的命令声拉回了夏薇薇的思绪，她连忙摆好起跑的动作。

还好今天她穿的是休闲服，而且体能测试也不是什么太难的问题，只不过三级跳这样的运动她还从来没参加过。虽然有些不自信，但是看到朴秀琳一阵青一阵白的脸色，她心里多少有些安慰，至少可以打败朴秀琳那个花瓶。

"开始！"夏薇薇刚刚站到起跑线上，少年就鸣枪了。

朴秀琳本来不打算跑步的，可是看到铁面无私的少年，她只好咬牙换上了运动衣，跟夏薇薇一起跑起来。

风从耳边呼啸而过，夏薇薇加快步伐向着终点跑去，她可以感应到少年机器人的敏锐,他身上似乎装了一个自动感应系统,任何蛛丝马迹都逃不过他的眼睛。

"啊!"朴秀琳突然发出尖叫,啪的一声跌倒在地上,半空中一片被削掉的红色运动鞋尖夸张地飞了起来。

夏薇薇瞪着逐渐下坠的鞋尖,想到刚刚一闪即逝的银色光线,她才猛然觉悟,刚刚朴秀琳是想伸脚绊倒她,可是被那个少年裁判员发现,当即发出射线切掉了朴秀琳的运动鞋底,而且还反力绊倒她,算是惩罚!

夏薇薇不由得呼出一口冷气,她还想到了最后关头使用魔法呢,现在看来,只要有任何不公平的情况发生,少年都不会坐视不管的。

"前辈,你最好不要有什么坏心思,会被人看到的,要是你再胡来的话,我怕切掉的就不是你的鞋,而是你的脚了!"夏薇薇嘟起嘴巴瞪了一眼倒在地上一脸狼狈的朴秀琳,头也不回地迅速向着前方奔去。

朴秀琳又气又急,立刻爬起来追了上去,涂脂抹粉的脸庞上沾着灰尘,看起来狼狈极了。

"夏薇薇我告诉你,不要那么嚣张!"

夏薇薇不理会她,用最大的力气转身往回跑,远远的,她听见达文西大声叫着"加油加油",整个人上蹿下跳的。朴秀琳的经纪人显然也不甘示弱,撞到达文西身上,给朴秀琳喝彩。

"三级跳……"夏薇薇大声喘息着,好久没有锻炼身体,跑起步来真是辛苦,嗓子又干又痛,双腿好似灌了铅,可是起跳栏越来越近……

夏薇薇闭上眼睛,猛地向沙坑的方向跳去。哈,脚下一软,不过她安全着陆了。

"啊——我讨厌沙!"耳边突然传来朴秀琳杀猪一般的号叫。因为跑得太快,她刹不住脚,整个人在沙坑边缘摇摆了好久,最终哗的一声栽进了沙坑里。

"念这句台词，快！"少年机器人丝毫不理会出现的状况，从怀里掏出剧本摆到夏薇薇面前，只是晃了一眼就立刻收回去了。

夏薇薇模糊地看到了几个字，"拯救光明""带来黑暗"……可是少年拿走得太快，她根本没来得及记住。

"拯救……了……拯救……光明……啊，你什么意思，我还没看完呢！"朴秀琳躺在沙堆里，脸上头发上全是沙粒，嚷嚷着还没看完台词剧本就被拿走了。

"你们是来试镜的演员，这段台词要融入自己的感情，并且要迅速看完迅速记住，现在请重新跑一遍，然后再重复这个过程，直到把台词念出来为止。"冷面少年丝毫不为所动，一字一句地宣布规则。

"加油！夏薇薇，你一定可以的！"达文西站在一旁给夏薇薇鼓劲。

"秀琳，你不要被那个发育不全的东西给打败了，你是演艺圈不败的神话，加油！"朴秀琳的经纪人猛地把达文西挤走，捧着脸大叫。

"谁发育不全？"达文西被惹怒了，在他心中，夏薇薇可是宇宙间最完美的无敌美少女！

"她一点曲线都没有，跟我们家秀琳根本就不是一个档次，竟然好意思来竞争？要不是她，这个片子早就是我们的囊中之物了。"

"机会均等！你懂什么叫作玲珑可爱？懂不懂啊你！"

两个经纪人话不投机，竟然骂成一团，少年机器人没有被设定管理除了演员之外的人的程序，因此对身边的争斗丝毫不予理会。

"呼……"夏薇薇剧烈喘息着，整个人跌倒在沙坑里，嗓子里火烧一般疼痛，根本就没力气再跳了。

"看台词，念出来！"少年迅速走到她面前，把台词展示出来。

夏薇薇稳住呼吸，眼睛迅速扫视了一下台词："拯救了光明，命运之神却带来黑暗，我们掌握不了上天的安排，却可以抓紧自己的命运，哪怕掉进无边的深渊，跟随世界幻灭。"

头痛!

夏薇薇呻吟起来,台词像是梦魇逼入她的脑海,越往后看头就越胀痛,那些台词多么不吉利啊,好像在暗示着一场浩劫……

"等一下……呼……"朴秀琳整个人扑倒在沙堆里,对着少年伸过来的台词直摆手,一个字都看不下去了。

"好,继续重跑!"少年面不改色,发布命令。

"等一下,我记住了。"夏薇薇稳住呼吸,伸手表示要接受挑战,少年机器人十分机械地转过身看了一眼夏薇薇,双眼呆滞了一会儿,很显然他背后有人控制着所有的程序设置,等到少年的眼睛恢复聚焦,他才命令夏薇薇把台词讲出来。

"拯救了光明,命运之神却带来黑暗,我们掌握不了上天的安排,却可以抓紧自己的命运,哪怕掉进无边的深渊,跟随……世界幻灭。"夏薇薇几乎是咬着牙说出来的,那些台词在她的脑海中扎下了根,一点都忘不掉。

"全对!"少年机器人立刻反应道,接着宣布:"进入下一轮试镜,跟我来。"

"我还没有看台词,怎么就让夏薇薇赢了,不公平!"朴秀琳气急败坏地从沙堆里站起身子,跟跟跄跄地走到少年机器人旁边,看到他不近人情的样子,突然摆了一个搔首弄姿的 pose,冲他抛了一个媚眼。

呃……美人计?夏薇薇看着眼前的一切,没想到机器人少年看都看没看朴秀琳一眼,弄得夏薇薇都觉得不好意思。

朴秀琳看少年不理会她,也觉得没劲极了。


"台词说出来了?"经过一场恶战的达文西看起来格外狼狈,弓腰喘着粗气。

"达文西，你看你的脸，妆都花了。"夏薇薇装作生气地看了一眼达文西，达文西在众目睽睽之下跟朴秀琳的经纪人吵嘴打架，真让人难堪。

"好啦好啦，你好好表现就是我最大的心愿了。"达文西大力拥住夏薇薇，一脸自豪。

好温暖，虽然达文西有点厚脸皮，但是夏薇薇好喜欢他。

嘶……好冷。

夏薇薇和朴秀琳跟着少年走进一个黑色的帐篷。随着少年揭开第一道门帘，一阵刺骨的寒气扑面而来，她忍不住哆嗦起来。眼前竟然是一片素白世界，锋芒毕露的冰塔刺入碧蓝的天幕，呼啸的北风卷起雪花四处飞扬，脚下一片冰蓝，细细看去，竟然还有深海大鱼游过。

"冻死了，呜呜……"朴秀琳刚刚在外面吃了很多苦头，现在又被冻得浑身发抖，喷嚏一个接一个，眼泪鼻涕糊了满脸。

"你穿上。"达文西毫不犹豫地脱下身上的短外套裹在了夏薇薇身上，自己抱着胳膊瑟瑟发抖，嘴唇都变成了乌青色。

只有少年机器人面不改色，十分自在的样子。

夏薇薇看出来这里是一个用魔法维系的幻术时空，可是一般人根本看不出来，斯克瑞·唐绝对不是一般人！

一缕金色的阳光照耀在冰面上，少年的瞳孔一缩，右手突然扳下一个巨大的电闸，只听噼里啪啦一阵响，冰面剧烈颤抖，随即一道巨大的白色冰缝从他们脚下延展开来。轰的一声，前方原本如同平镜一般的冰面突然凸出一个巨大的冰柱，然后缓缓往下坠去，一片水花溅起。

"这里就是拍摄的入口，跳下去。"机器人少年面色一凛，转身盯着夏薇薇和朴秀琳。

夏薇薇和朴秀琳早就惊得目瞪口呆，这种地方，穿着很厚的衣服站在这里都觉得冷气袭人,如果要跳进冰窟,那就只有死路一条。

"我不要!"朴秀琳很快意识到了自己的处境,大声叫骂起来,"什么魔幻大片,根本就是拿演员的生命开玩笑,还要我跳冰洞,想都别想!"说完她拉住身边冻得浑身颤抖的经纪人,大步向着屋外走去。

"SL娱乐公司弃权。"少年不带一丝感情地说。

"哇,太好了,朴秀琳弃权了,女主角就是你了!"达文西像螃蟹一般朝着少年移过去,笑着道,"那么试镜是不是就要结束了?这里……好冷……"

"蝶世纪娱乐公司艺人请试镜。"少年机器人没有理会达文西,用清澈又不带感情的眸子盯着夏薇薇。

啊……虽然是幻境,可是真的会被冻死的……呜呜……夏薇薇的笑脸都皱成一团了。咬咬牙,她一步一步地往冰窟走去,往前一步,身上彻骨的寒冷就加重一分。

"不要!小夏薇薇,我们不要演了,万一你有个三长两短,我怎么办?回来!快回来!"达文西看到夏薇薇逐渐逼近冰窟,吓了一大跳,跑过去就要拉她。

"啊——"夏薇薇尖叫着,眼泪沿着小脸冻成了冰粒,她的脑海浮现出失去记忆、生活几乎无法自理的植安奎,浮现出梦中那个哭泣着的美丽的女孩丽塔……她闭上眼睛,脱下身上裹着的达文西的短外套,沿着冰面迅速奔跑,扑通一声,夏薇薇的身体坠入冰窟之中,刺骨的冷!无法呼吸,手脚膝盖像是被针扎,四肢跟着痉挛,她剧烈挣扎着,手脚都不听使唤,意识一点点剥离……

"我的公主,你来了。"一声温柔的呼唤从水底发出,黑色的长发如同海藻,在冰蓝的水里漂散荡漾,一张精致的笑脸出现在夏薇薇眼前,长长的睫毛沾着水雾,清丽动人的眸子似乎不食人间烟火。

"丽塔!"夏薇薇惊叫起来,可是她一张嘴,刺骨的海水漫入她的嗓子,她刚刚伸手要去掩住嘴唇,只见丽塔塞给她一粒晶莹剔透的珠子。她的舌尖刚刚触到珠子,整个人就暖和起来,呼吸也变得通畅。可是这个只有在梦里才会出现的女孩子怎么会在试镜片场?

"公主殿下,是我。"丽塔眯起眼睛微笑,她怀里还抱着那个水罐,白色的长裙裹住她曼妙的身姿,美极了!"你有帮我问那个人吗?"

什么人?夏薇薇脑子迅速转圈,猛然想起丽塔曾经拜托她问的问题,这才赶紧说道:"问了,可是他说他从来没有见过丽塔。"她回忆着植安奎的话,好像原话就是这么说的。

"我知道他不会记得我了……"丽塔缓缓游向海水深处,她的声音难过得让人心碎,一片冰蓝的粒子在她身后蔓延开来,夏薇薇这才知道,那是眼泪。

"我想他失忆了,忘记了很多人很多事,丽塔你不要难过,越是这样我们越要帮助他。"夏薇薇连忙解释,伸手想要抓住她,却发现她身边的五彩海藻变成了黑色,还发出许多恶臭。

"这些是污染,罪恶……"丽塔顺手摘下被污染的海藻,放到她怀里的罐子内,海水又变得清明,"我一直等着他带我离开,没有想到他早已把我忘记,那些誓言统统都是假的。"

"丽塔你不要这么说,他想起来就好了,我们需要时间。"夏薇薇急切地回答道,不管植安奎跟丽塔有什么渊源和宿命,只要找到魔法钥匙,一切都可以化解。

"丽塔是他对我的昵称,我真正的名字是艾普丽。"丽塔惨然笑着,蓝色珍珠不断从她的眼睛里涌出,她挥挥手臂,夏薇薇的身体猛地向上浮起。哗的一声,夏薇薇剧烈喘息着,睁开眼睛,只见几只大手迅速把她从水里拽出来,眼前是一片青草地。她是从一个游泳池里冒出来的。

"冷不冷？呜呜……担心死我了！夏薇薇，你过关了！导演宣布由你来领衔主演这部片子，你真的好棒！"眼睛哭肿的达文西欣喜若狂地抱住湿漉漉的夏薇薇，又大笑起来。

"这里是出口，恭喜你试镜通过。"少年机器人对着她微微一笑，转身消失在帐篷后面。

艾普丽……丽塔就是"彩虹之穹"失踪了很久的圣女艾普丽……可是她跟植安奎之间到底有什么关系，偏偏二人都被关在囚禁之地，植安奎甚至还忘记了她。

"你好，我是斯克瑞·唐，很高兴见到你。"一个白白胖胖的老爷爷从帐篷里走了出来，他大概只有一米五高，比夏薇薇还要矮，笑起来眼睛眯成一条缝，样子十分慈祥。

"你好，我是夏薇薇。"夏薇薇不由得舒了一口气，导演跟想象中的差距好大，她还以为想出这么恐怖的试镜招数的人一定长得十分狰狞，却没想到这么平易近人。

"没想到你竟然坚持下来了，我实在不忍心看你们受苦，抱歉我的助手程序设定出错，害得你跳到冰窟里去了，实在是很抱歉。"胖胖的导演抓住夏薇薇的手，吻了一下，圆圆的脸上竟然泛起了粉红色。

"什么？！试镜里根本就没有跳冰窟这一个环节，是你们搞错了！哇哇，要是夏薇薇出了事……"正在帮夏薇薇擦头发的达文西几乎要抓狂了。

"主人。"帐篷里突然传来乒乒乓乓的声音，少年面目呆滞地从帐篷里走出来。嘣！弹簧崩断的声音响过，少年身体痉挛着在原地扭了几下，手掌，腿脚，全部掉了下来，电线弹簧满天飞。

"啊——"达文西一声尖叫，惊恐地盯着掉在眼前的一只断手，整个人扑通一下晕倒在游泳池里。

庄园的工作人员见状连忙跳下水捞起被吓昏的达文西。

"主人,电线短路,电线短路……"少年还在地上不断自言自语。

"呃……对不起啊,我的助手每隔三个月就要短路一次,我拿去修一修。"胖导演很不好意思地道歉,身后的人早已整理好少年的残肢断体,一群人向着帐篷走去。

"夏薇薇,那个少年是恐怖组织成员吗?为什么要自爆?"达文西半眯着眼睛,浑身无力地问夏薇薇。

恐怖组织?呼,达文西的想象力不是一般的好。

# 第7章
# 虹之高塔

- 金发少年卢玛尔
- 无法回避的禁忌之恋

**【出场人物】**
卢玛尔，夏薇薇，斯克瑞·唐，达文西，
林沐夏，植安奎，丽塔，机器人少年，

**【特别道具】**
暗红蔷薇

## 金发少年卢玛尔

　　天气十分晴朗，今天是夏薇薇拍《魔女的钥匙》的第一天，她想到要跳进那个冰窟里进行拍摄，就浑身发抖。掉进去的滋味实在是太不好受了，上次鼓起勇气尝试了一次只是为了解救植安奎失去的记忆。今天早上她从猫梨七号出发的时候，那个臭屁的大魔王竟然意气风发地打扮起来，夏薇薇担心他迷路，劝他不要出去。没想到植安奎竟然十分不领情地说她多管闲事，既然他那样子讲，她就再也不要为他的事情操心了！干脆让植安奎完全失去记忆，变成白痴好了！

　　"夏薇薇小姐，好久不见。"一位帅气的金发少年朝她走了过来，黑色的真丝衬衫勾勒出他近乎完美的身材，棱角分明的脸上，一双细长的眼睛打量着她，带着几分讥诮和怀疑。

　　"卢……卢玛尔……"夏薇薇震惊地盯着眼前的少年，舌头跟着打结，她机械地握住少年的手，心头一阵疑惑——为什么在这个关节点上她会遇到他?

"没有想到你还记得我,植安奎好吗?"卢玛尔收回手臂,斜插入裤子口袋里,阳光照着他挺拔的身体,他看起来很阳光帅气:"这么长时间,我一直在暗自练习魔法,为的就是有一天可以再跟他比试一场。"

"你骨子里好战的个性一点都没变。"夏薇薇叹了口气,她还记得卢玛尔跟植安奎说过的话,他让植安奎恨她,真是搞不懂他真正的心思所在。

"你是他的手下败将,植安奎已经不想再和你比试了。"

"不可能的!他本身就是魔法战士,好战也是他的本性。"卢玛尔勾起唇角自信地笑笑,盯着夏薇薇的眼睛看了好一会儿。"我是《魔女的钥匙》这部魔幻片的男主角,希望和你搭档顺利。"卢玛尔说完,冲着夏薇薇点头致意。

什么?

这部片子的男主角竟然是卢玛尔!夏薇薇按住怦怦直跳的心脏,明明是卢玛尔背着她跟植安奎说了她的坏话,可为什么反倒弄得跟她自己做了亏心事似的?难道是沐安排的?他本来就赞助了这部电影,而且卢玛尔本身就是林氏财团暗中找来的赏金猎人魔法师,可是沐的用意是什么呢?

"夏薇薇,你怎么还愣在这里,快去化装准备拍摄了!"达文西抱着一堆厂家赞助的服装,气喘吁吁地跑来叫夏薇薇。

"哦。"夏薇薇应了一声,连忙向着化妆间奔去。

换上盛装的夏薇薇美呆了。第一段戏是魔女与战士相逢的场景,无忧无虑的小魔女不小心打开了王室的禁地之门,引来卢玛尔扮演的战士鲁修的阻止,结果二人不小心全部被卷到了禁地之中。

这场戏的重心在于剧中小魔女与战士从陌生到熟悉,从互相怀疑到彼此信任的过程。

奇怪的是，戏刚刚开拍，导演就让他们每人吃了一粒碧色的药丸，吃到肚子里十分冰凉，但是却让人神清气爽。导演说打开禁地之门时候，为了营造烟雾缭绕的效果，喷了许多化学气体，因此要吃些解毒的药。

"加油哟！"夏薇薇对着卢玛尔笑笑，心想毕竟是要合作拍电影，多一些默契会减少 NG 的次数。

"我们这次戏都是要一步到位的，禁地之门只打开两次，进去和出来，任何人错过机会的后果就是永远进不去或者是进去之后永远出不来，这些你明白吗？"卢玛尔严肃的目光扫过夏薇薇的脸庞，"我们吃进去的药丸确实是解毒用的，但是禁地之门里的毒素之大你或许还不知道，而且进去拍摄的人全是机器人，他们不怕中毒，而我们就不一定了。"

"可是……导演根本就没有告诉我这些。公司也没有接到说明书。"夏薇薇惊呆了，她从来不知道接拍这部片子竟然如此凶险，整个人都忍不住颤抖起来。

"如果告诉你，你还演得出那种无忧无虑的感觉吗？导演只是告知我，要我好好照顾你罢了，但是我想你也有必要知道这些。"卢玛尔说完，戴上了金色的头盔，他饰演的鲁修是一位守护禁地之门的没有感情的战士。

"准备好了吗？要开始了！"胖胖的导演在地上来回跳跃着，摄影棚的大门被缓缓打开了，粉红色的光芒从屋子里照射出来，映红了夏薇薇的脸庞。

这里是……

夏薇薇难以置信地睁大眼睛，眼前，清澈的泉水沿着弯弯的河道流向远方，巨大的城堡坐落在碧绿的平原上，粉红色的屋顶和金色的小窗，尖尖的阁楼上挂着银色的风铃，窗台上各色各样的郁金香引来蝴蝶蜜蜂竞相飞舞追逐。

"好美！"夏薇薇欢快地奔跑出去，咯咯地笑着，好久没这么自在地奔跑了。摄影师的镜头沿着提前铺设好的轨道追着夏薇薇拍摄。

"好久没见她这么开心了，真好！"达文西拉起袖子擦脸，口里的话还没说出来，却被站在一旁的白胡子导演斯克瑞·唐抢走了。达文西好奇地看过去，只见老头眼底泛着泪花，十分动情。

达文西愣了一会儿，心里顿时明白了，抱住导演大叫："知音！知音呀，我遇到这么多导演，第一次见到有人心疼小薇薇，您果然是德高望重的国际大导演！"

"谢谢谢谢！"斯克瑞·唐被达文西搂得咳嗽连连，只好结结巴巴地应付着，短短的手臂也抱住达文西，心里满是感激。

夏薇薇跑了一会儿，有些累了。她围着喷泉走了一圈又一圈，欣喜之余，她踮起脚尖往清泉里看去，心里咯噔一下：里面竟然有一个跟她长得一模一样的"魔女"试探地望着她！夏薇薇惊了一下，冲着她笑笑，"魔女"也跟着笑笑。夏薇薇冲她挥挥手，可是"魔女"竟然一脸疑惑地看了她一眼，扭头向着草场奔去，她身后站着"彩虹之穹"的国王爸爸。

"嗯？"夏薇薇呆了一下，这才恍然大悟：这里的场景是根据"彩虹之穹"模仿出来的场景，因为是幻境，所以连喷泉里某年某月夏薇薇曾经看水的影子都模仿下来了！身为白尼斯杜特尔国王最宠爱的小公主的她，本身就是一位"魔法少女"啊！

咦……那里是什么？

只见面前的喷泉顶端上竟然绽放着一朵透明的水晶蔷薇，散发着隐隐的暗红色光芒。一阵强大的吸引力驱使着她，慢慢地，夏薇薇伸出的手指要触碰到那朵暗红蔷薇了……

"住手！"一位金色铠甲的战士跳了出来，他掏出宝剑，抵在了夏薇薇胸前，冰冷肃杀的脸上没有一丝人情味，"初出茅庐的魔女，难道女巫大婶没有告诉你不可以来这里吗？"

夏薇薇猛地缩回手，惊恐地望着卢玛尔扮演的战士，心里咯噔一下，她差点忘记了这是在拍电影，怎么都跟真的似的。

"对不起，我不知道。"夏薇薇怯生生地道歉，这个蔷薇标志就是通往禁地的入口！"啊，你看那边飞来了什么？"夏薇薇掩住嘴巴大叫着，鲁修不知有诈，扭头看向天边。

"不让我看，我偏要看！"夏薇薇的小脸上浮现出一抹恶作剧般的笑容，伸手握住蔷薇花朵，轻轻一旋，喷水池里突然射出巨大的水花，五颜六色的星星沙扑面而来……

"那蔷薇花朵是诱惑之花的按钮，你怎么可以触到它！"鲁修这才意识到自己上当受骗了，可是眼前一片斑驳陆离，禁地之门已经被打开。

"诱惑之花？"夏薇薇吃惊地重复着，怪不得她觉得那朵蔷薇花发出的光芒有种不祥的感觉。

"啊——"她还没有反应过来，从水潭里旋转出来的银色光柱就迅速裹住了她的身体，把她往水底拽去。

咦，眼前一闪而过的，怎么会是大魔王的脸？浸入水中挣扎不已的夏薇薇透过水面隐约看到了植安奎的脸，还有哇哇大叫要往水里跳的达文西被斯克瑞·唐拽着，扑通扑通几声响动，摄影师抱着设备也跟着跳了下去。

"夏薇薇，呼气吸气……"耳畔有个声音低声催促着，很熟悉的感觉。

夏薇薇照着做，憋闷的胸口好受了很多，可是视线逐渐模糊，她什么都看不见了。

## 无法回避的禁忌之恋

"事情越来越麻烦了，禁地之门关闭的时候，有些人也跟着混了进来。"夏薇薇模糊地听见植安奎的声音。

"你是说波尔冬也进入了禁地？"林沐夏惊问。

"什么！"夏薇薇惊得坐直身子，视线逐渐清晰，眼前游过一群斑斓的小丑鱼，海水暖洋洋的，平静又美丽。原来她正处在海底世界，通过透明的有机玻璃可以看到外面。

"你醒了？"达文西先扑了过来，脸庞涨得通红，他身后站着喜忧参半的斯克瑞·唐。

"你们怎么都来了？"夏薇薇疑惑地环视大家。

"达文西先生拽着我下来的。"斯克瑞·唐白了一眼达文西，为了不干扰拍摄，他去拉情绪失控的达文西，不想一不留神，也跟着掉进了禁地。

林沐夏温柔的目光盯着夏薇薇，没有说话。倒是植安奎一脸酷酷的表情，谁都不搭理。卢玛尔抱着膝盖坐在一旁，正埋头沉思着什么，他刚刚跟植安奎下战书，不想植安奎一点都不记得他，让他十分郁闷。

"既然大家都到齐了，拍摄继续进行，禁地之门已经被打开过一次了，我们要珍惜机会，把该做的事情做完，到时候再出去。"斯克瑞·唐望着大家，指挥着，目光扫过夏薇薇和植安奎的脸，竟然带着几分沉重，"植安奎是应我的邀约前来制造魔术氛围的，也是我们剧组的一分子。林沐夏先生作为制片方的少东家，愿意与我们同甘共苦。接下来的拍摄，我们会在这个海底世界中进行，千万要小心。"

夏薇薇点点头，卢玛尔有些没精打采的样子，不过看到植安奎也要同去，立刻精神抖擞准备出发。

摄影机器们听从指挥，浩浩荡荡地跟着夏薇薇、植安奎、卢玛尔出发了。

斯克瑞·唐凝了一个小结界，把他们一行人送到了深海中央。

"你知道为什么林少爷会派我来吗？"三个人一路无话，卢玛尔先开口打破了尴尬。

"为什么？"夏薇薇的视线从五彩斑斓的深海鱼身上挪开，好奇地坐在他身边。

"'虹之高塔'被打开后，会有更加严峻的使命等着我们，这个连林少爷都不能预知。"卢玛尔低下头，目光里一片凝重。

是跟波尔冬的战斗？还是"彩虹之穹"的王位之争？又或者是植安奎的记忆？

"我也有这种预感，斯克瑞·唐此行的目的绝对不那么简单，你看他的眼神。"植安奎提示夏薇薇，远远地，只见斯克瑞·唐面色凝重地望着他们，似乎有什么难言之隐。

"你不觉得这里有些奇怪吗？"夏薇薇盯着植安奎的脸，他主动接近她，让她很开心。

"什么意思？"

"这里，和'彩虹之穹'是一样的。"夏薇薇悄悄地说，"不管是房子、草地、风车、城堡，还是树，都是一样的。甚至……有代表我哥哥姐姐的物件。"

卢玛尔也是一脸警觉，凑到夏薇薇和植安奎身边，如此分析下去，这个禁地之门隐含着许多不为人知的秘密，也是凶险万分。

"我此行来的目的，就是冲着导演，不管怎么样，都要保持警惕。"植安奎盯着眼前不断变换的水波，身上的魔法血液在强烈召唤，好像有另一个自己在苦苦挣扎。正是斯克瑞·唐到猫梨七号找他，并且告诉他参与拍摄将会帮助他找到"缺失的记忆"，因此他才来的。

而那个来自禁地的呼唤，是不是就是另一个他？

"植安奎，你既然知道那么多，为什么偏偏不记得我？我是卢玛尔！也是你的对手！"卢玛尔心有不甘，继续问道。

"现在你是我的朋友，所有的一切等我们离开了禁地再说。"植安奎皱紧眉头，看了一眼卢玛尔，他对他有几分印象，却又不十分清楚，只要找回失去的记忆，所有的一切都好说。

"制造魔术氛围。"少年机器人举着摄像头，提示植安奎。

"我来吧。"夏薇薇看到植安奎微微苍白的脸庞，心里担忧，按住了他要站起的身体。

"别婆婆妈妈的了。"卢玛尔并拢手指，用力推到海水中去，果然平静的海底波涛汹涌，白色的浪花卷起，各种鱼儿惊得四下逃窜。

"你在干什么，会惊到水底女巫的！"植安奎连忙拉住卢玛尔，面色十分紧张。

"什么水底女巫？"夏薇薇刚刚问完，一道巨浪敲打在了结界上，夏薇薇刚刚要栽倒，植安奎眼明手快地拽住了她，"就是那个把你拉下海底的女人，我们都还不知道她是什么来头。"

"她不是海底女巫，她是艾普丽，也是你的朋友丽塔！"夏薇薇这才恍然大悟，着急地解释着。

"丽塔！丽塔！我的丽塔！"水中突然响起一阵震耳欲聋的咆哮，红色的光辉对着夏薇薇击了过来，刺得他们睁不开眼睛。

"是波尔冬！大家小心！"夏薇薇紧紧拉住植安奎的手，没有魔力的他此时是最危险的，万一结界破裂……巨大的压力扑面而来，单薄的结界剧烈地颤抖扭曲，夏薇薇闭上眼睛，默默念着修复魔法。

"女人，你要一直这样子牵着我吗？"植安奎的声音在夏薇薇耳边萦绕，她可以感觉到他的目光久久停在她的脸上。

"大家要坚持住！"卢玛尔的声音被激荡的水花淹没。

"夏薇薇，你在哪里见到丽塔的？"波尔冬突然在水底现身，他红色的头发在水底漂动，赤红的双目格外吓人。他竟然可以在水底燃起火焰，足见他的修为已经很高。

"你先住手，我就告诉你！"夏薇薇用魔力支撑着结界，身体像是被万剑穿过一般痛。

"告诉我！"水花骤然停滞，夏薇薇的结界也因为过分张弛崩溃碎裂。片片晶莹的银色光辉一点点褪去，她紧握住的那只冰冷的手突然消失不见，夏薇薇吃惊地扭头去看，植安奎的身体越来越透明，他张合的嘴唇似乎在呼唤着她的名字。夏薇薇吓得哭泣起来，伸手去抓他，可是手竟然扑了个空，植安奎的手指在水中划了一个弯弯的弧线，瞬间消散成一片星星沙。

"植安奎！"

几乎是异口同声，夏薇薇和卢玛尔大声叫着，可是淡蓝的海水依旧，却不见植安奎的影子。

"我不会告诉你丽塔的下落，除非你把植安奎还给我。你把他弄到哪里去了？！"夏薇薇生气地瞪着波尔冬，眼泪大滴大滴地落下来。

"面对这样的人还有什么好说的，我要向你挑战！"卢玛尔也十分难过，他掏出长剑对准波尔冬，眼睛里凶光毕露。

"告诉我丽塔的下落,我不关心植安奎的死活,谁要是阻碍我,我就要谁下地狱!"波尔冬疯了一般向夏薇薇冲了过去,眼睛里红色的火焰更加清晰炙热。

"住手!"卢玛尔持剑冲过去,挡住了波尔冬耀眼的火焰剑,海水中燃起一道道火焰,又迅速被熄灭。

夏薇薇闪过攻击,心里的悲怆无处发泄,看着如此绝情的波尔冬,心里怒火直烧,她刚刚要去帮助卢玛尔,只听他警告道:"你先去找植安奎,我来对付他。"

夏薇薇咬咬牙点头向着水面上浮去。

植安奎,无论你在哪里,一定要坚持住。

"呃……"夏薇薇不由得呻吟起来,后背狠狠地挨了一掌,伤口火辣辣地疼,她的身子不由自主地往水下沉,可是想到植安奎又咬紧牙关,努力蹬水往上浮。

"别徒劳了!植安奎的消失根本就不是我造成的,是你自己!这里是封印他一半灵魂的地方,他的身体不过是被自己的灵魂给反噬了!告诉我丽塔的去向。"波尔冬不知用了什么法术,把卢玛尔困在了一根海底岩柱上,夏薇薇只能看见一缕金色的头发在海底漂荡。

这里囚禁了植安奎二分之一的灵魂?

夏薇薇梦中那个锁在高塔中的植安奎,就是他另一半的灵魂?

夏薇薇吃惊地盯着波尔冬,脑子里一阵疑惑:"你找丽塔做什么?她跟你有什么关系?"就算是要逃命,她也不能出卖艾普丽,她那么美丽,纤尘不染,是不可亵渎的!

"她是……十几年前就是她,替我受了惩罚,被囚禁在海底……啊……都是我的错!"波尔冬大声叫着,脖子上的青筋暴露,火焰随着他高扬的音调,更加明艳。

那个梦!

夏薇薇惊得掩住嘴唇,她做的那个关于哥哥受到惩罚的梦原来是真的，是"彩虹之穹"的圣女艾普丽替哥哥受了惩戒，在深海做了拾荒女巫？怪不得她经常见丽塔抱着一个灰色的坛子，原来……

"我凭什么相信你！"夏薇薇刚刚问出口，就有些后悔，只见一向冷血有泪不轻弹的哥哥的眼底竟然涌出了赤红的眼泪，在海水中显得那么凄苦无奈。

"丽塔！你出来见见我，这么多年的梦想，无论是争夺王位还是争夺魔法钥匙，这一切都是为了你！我知道你就在这深海的某个角落，请你出来！"波尔冬没有理会夏薇薇的质问，整个人像是要精神崩溃一般大声叫着。可是四周如此空旷，大海又如此浩渺，他的声音很快就消失了。

"你不要这个样子，她不出来见你一定是有原因的！"夏薇薇不忍心看着他歇斯底里，更加想让他放了卢玛尔，于是试探地靠在波尔冬身边劝他。

"她被抓走之前一直重复着一句话，不要把我忘记，请你不要把我忘记……她只重复着这一句话，而我从来不曾忘记过她……或者是她把我忘记了，这样深邃不见底的海底，澄澈无瑕的她可以记得多少事？时间会让人忘记一切的……"波尔冬掩面抽泣，沧桑绝望的声音不像是假装，他周身灼人的火焰渐渐弱下去，波尔冬的呼吸越来越弱，竟然奄奄一息起来。

"你怎么了？"夏薇薇肩膀上的疼痛牵扯着她，看着波尔冬衰弱，她着急又没有办法。

"怎么样了？"卢玛尔正好挣开束缚，游到夏薇薇身边，看到她肩膀上渗出鲜红的血液，不由得一阵怒火，对着波尔冬的身体就是一剑。

"啊——不要！"夏薇薇连忙扑过去抱住哥哥的身体，鲜血沿着他的胸口蔓延出来。

"快逃！鲜血惹来了鲨鱼攻击！"抱着摄影机的少年机器人连忙提醒着。

夏薇薇心里一惊，只见不远处的海水剧烈地翻滚着，鲨群正火速赶来。她不敢犹豫，连忙抱着哥哥的身体，在疑惑震惊的卢玛尔的搀扶下一点点向水面浮去。

"快走，快走……"突然波尔冬的身体变得极轻，一个穿着白色圣衣的女子缓缓地托起波尔冬的身体，用力往水面上送，她向上扬起的脸庞精致美丽，碧蓝的眼睛不断涌出水蓝珠子，黑色的长发四散开来，微微颤抖的嘴唇有种说不出的美。

"丽塔……"夏薇薇吃惊地看着突然出现的艾普丽，犹豫了一下才问，"哥哥跟你到底是怎么回事？"

"公主，你为什么要骗我，他没有忘记我，为什么要骗我……为什么要骗我……"丽塔的眼睛哀怨，清丽，又有些不甘，盯着诧异的夏薇薇。

她什么时候欺骗过丽塔？他……他……难道说，丽塔让她问的那个人不是植安奎，而是波尔冬哥哥！老天，她全部弄错了！

"对不起，丽塔，我问错了人，真的对不起！"夏薇薇连连解释，抱着昏过去的波尔冬丝毫不敢放松，卢玛尔疑惑地盯着眼前发生的一切，完全不敢相信丽塔会是深海捡垃圾的女巫，她美得不染一点点俗尘，美得让人无法亵渎。

"太晚了……来不及了。不过我还是很开心，他还记得我。"丽塔闭上痴怨的眼眸，美丽的唇角渐渐化出一抹幸福的微笑，快乐的样子像个满足的孩子，头顶上的海水逐渐透明，快要到水面了，只见丽塔突然浮起身子，粉色的唇在昏迷的波尔冬嘴上落下一个吻，细长的手指恋恋不舍地从他的脸颊滑过，一颗赤红的丸药从她的手心里凝出。丽塔用力把丸药推到波尔冬的伤口处，微笑的脸上满是泪痕，她那拥有千言万语的眸子深深地看了一眼波尔冬，接着用力扭过头向着黑黢黢的海底潜去，只留下一片白纱在水底漂荡。

"丽塔别走，哥哥他要见你！"夏薇薇惊叫着，可是她越叫，丽塔的身影就消失得越快，海底沉静得如同没有生命存在。

哗的一声，一片耀眼的白光刺入眼帘，他们终于从海底逃出来了。

# 第8章
# 蔷薇仪式

- 魔法岛的守护神
- 幸福的不死鸟

### 【出场人物】
卢玛尔，夏薇薇，植安奎，艾普丽，少年机器人，
波尔冬，龙凌绿，美拉王妃

### 【特别道具】
魔法钥匙

## 魔法岛的守护神

  和煦的风带着一丝好闻的青草香味,洁白的沙滩在金色阳光的照耀下闪着耀眼的光芒。

  卢玛尔喘息着拉着波尔冬的身体往海岸边游去,夏薇薇在一旁帮忙。沙滩上,录制节目的少年机器人只顾护着手里的设备,根本无暇帮助夏薇薇和卢玛尔。机器人真的是不讲感情的东西,关键时刻只知道保护贵重的拍摄器材,不会管他人死活,毕竟是被设置的程序,无法与有感情的人媲美。真不知道当初设想了"机器人三定律"的阿西莫夫看到这几个要"财"不要"命"的机器人会怎么想!

  可是艾普丽呢?深海中孤独的艾普丽,一直念着不要让波尔冬忘记她的艾普丽,她该怎么办呢?

  "咳咳……丽塔……"躺在地上的波尔冬剧烈地咳嗽了几声,几口海水从他的嘴里吐出来,他细长的眼睛半睁着,眼底的火焰逐渐变淡。可是当他看到坐在一旁的夏薇薇时候，眼底泛出的柔情迅速冻住，猛地站起身体盯着她问："你们是不是见过丽塔了？为什么到处都是她的味道？她在哪里？"

夏薇薇吓得一愣，她什么都没有闻到，只是惊慌地盯着波尔冬，有些结巴地回答："艾……艾普丽她住在深海，刚刚她出现了，可是因为有鲨鱼攻击，所以她把我们送回海面，然后潜回了深海。"

"丽塔！我知道你会出现的！"波尔冬脸上的表情欣喜到了极点，他迅速转过身，纵身跳入了深海中。

"夏薇薇，你哥哥跟艾普丽到底是什么关系？"卢玛尔完全被弄糊涂了，摸着后脑勺盯着呆坐在地上的夏薇薇。

"他们……或许是一对恋人，只可惜不能够在一起，所以哥哥才会变得那么歇斯底里，丽塔才会那么哀伤。那么多年过去了，他们似乎谁都没忘记对方。"夏薇薇抱住膝盖，心里难过，肩膀微微颤抖着。

"我还是不明白，什么忘记不忘记的，你哥哥已经下到深海找她去了，我们还是想想办法找植安奎吧。"卢玛尔还是想不明白波尔冬的事情，皱着眉头往远方看去，想要找到离开这里的路。

"哈哈，你们这群孩子。"一声慵懒的笑语从白色的沙滩上传来，"欢迎你们来到'彩虹之穹'的魔法岛，夏薇薇，卢玛尔，我们好久不见了。"说话的人声音十分慈祥，可是就是不知道他人在哪里。

"谁？出来！"精神高度集中的卢玛尔迅速抽出长剑，跳到夏薇薇身边护着她。

"这么久没出来，真是腰酸背痛呢。卢玛尔，不要这么敏感，我们是老朋友了。"伴随着一声亲昵的招呼，邦的一声，一颗硕大的椰子落在了沙滩上。夏薇薇仰头看去，高大的椰子树顶上，坐着一位穿着玄色长袍的男子，背对着他们的黑色长发发梢上很随意地绾着一支白玉簪子，慵懒自得的姿态给人的感觉十分熟悉，可是一时间又让人想不出在哪里见过。

"怎么？不记得我了吗？"男子缓缓扭过头，俊逸的侧脸被正午的阳光染成了金黄。

"植安奎！你怎么穿得那么奇怪？还坐在树上？我们找你找得好苦！"卢玛尔迅速认出了树上的人，不由得埋怨道。

"不，他是……大魔法师植川仁长老。"夏薇薇惊得往后退了好几步，自从上次植川仁从猫梨七号消失之后，她还是第一次见到这位传奇的长老。

卢玛尔见自己认错了人，有些不好意思。

"还是夏薇薇聪明，跟你的美拉奶奶越来越像了，真让人忍不住回忆当年的青春岁月。"植川仁微微一笑，撩起衣摆，缓缓从树顶落到地面，脚步轻盈到甚至没有在沙滩上落下脚印。

"长老，你见过植安奎吗？我们正在找他，他刚刚跟我们走散了。"夏薇薇弯下膝盖，对于长辈，她一向十分尊敬。

"他在彩虹之塔，那个用钻石制作的最坚硬的高塔之上。"植川仁抬起头，茫然若失地盯着小岛最深处的白云。

"长老，我有一个问题想问你，既然你在这小岛上，为什么不救救植安奎？他可是您的孙子。再说，到底是什么原因，害得植安奎的灵魂被困在这高塔之上？您老人家似乎跟王室的怨仇结得很深。"卢玛尔再也忍不住了，他替植安奎鸣不平，上一辈的恩怨为什么要落在下一代的头上，这样不公平。植安奎明明可以成为世界上最优秀的魔法师，可是记忆被吞噬，他现在连自保的能力都没有。

夏薇薇看了卢玛尔一眼，他作为小辈，那么心直口快地质问长老，似乎有些不礼貌，可是她也很想知道到底是什么原因，让他们植家的人总是被禁锢。

"禁忌之恋……我和美拉王妃的禁忌之恋……都是大人们犯下的错，害得你们晚辈不自由。"植川仁闭上眼睛，低声说着，不老的容颜这时候明显暗淡了许多，"我不希望你们把我的话告诉别人，因为不想让更多的人受到伤害，可是我和美拉之间，却是什么都没有的。我这一辈子，除了对她的无限倾慕和赞赏，别无他意，我想美拉比谁都清楚，她一辈子忠于王室，从来不曾背叛过，而我，却是咎由自取。"

"那么植安奎呢？他犯了什么错？"夏薇薇全部明白了，事情就是这么简单，因为一段不能被外人知道的爱恋和倾慕……可是那些都已经是往事，现在最重要的是救植安奎！

"王室为了预防这种事情的发生，所以在他一出生的时候就设下了诅咒，成为王室公主的守护者，永远不可以逾越一步，避免禁忌之恋的发生。"植川仁浅浅一笑，看向皱紧眉头的夏薇薇，"你还小，许多事情都不太明白，要知道，真情是无法阻挡的，不久的将来，王室也会明白。孩子，植安奎已经受够惩罚，只要找到'魔法钥匙'成功打开彩虹之塔的大门，他就可以出来——不过，你一定要小心。"

"到哪里找魔法钥匙？"夏薇薇一步向前继续追问，可是植川仁只是摇摇头，玄色的衣袍翻飞，隐没在空气中。

"我发现你们王室的故事还真是不简单，一个波尔冬就足够让人头痛，怎么还有一个长老和美拉王妃！"卢玛尔有点不满地看了一眼夏薇薇，小声嘟囔着。

"美拉是我的奶奶，你不觉得这些故事很美吗？无论是什么，我都尊重他们的感情。我们赶紧出发吧！"夏薇薇白了一眼八卦的卢玛尔，看了一眼前方云雾缭绕的树林，那里就是囚禁植安奎的地方，只要找到魔法钥匙，她就可以放出他。他又会拥有完整的记忆，变回那个超级大魔王……跟她吵架斗嘴……

## 幸福的不死鸟

天气越来越热,一路走来,夏薇薇和卢玛尔都发现一个很奇怪的问题,经过白色沙滩之后,小岛的颜色明显分为赤、橙、红、绿、青、蓝、紫这几种颜色,就连鲜花,树木,沙滩,甚至生物都是这几种颜色……

"我从来没有见过这么奇怪的色彩,是一种暗示吗?"卢玛尔搔搔脑门,完全看不懂这个小岛的布局。

"这些都是我哥哥姐姐们的地盘,那些是他们的守护颜色。"夏薇薇埋头走路,一路上,她可以感觉到哥哥姐姐们敌对的眼神。

"那你的守护颜色呢?"卢玛尔继续问。

"粉红色,可是国王爸爸不让我随便使用,随便使用会遭到惩罚的。"

"我明白了!"卢玛尔一拍脑门,大声叫道,他十分欣喜地跑到夏薇薇身边,凑到她耳边小声叮嘱了一句。

"这里是哪里?"植安奎睁开眼睛,浑身像是散了架一般疼痛,矗立在他面前的是一座高耸入云的钻石高塔，耀眼得让人睁不开眼睛，他定定地望着自己的手掌，夏薇薇在危险时刻一直紧紧抓着他，而现在，他的手上空空如也。

"呃……"他刚刚回过神来，钻石顶端一股强大的力量便将他整个人吸附上去。风从他耳边呼啸而过，等到植安奎再次恢复知觉，他已经站在了高塔上的金色阳台上，开得正艳的蔷薇花在风中摇曳。

"英俊的先生，你是第三个来拜访我的人，尽管之前的两位是同一个人，但是我还是很开心。"屋子里缓缓走出一个身影，他穿着白色的衬衫，整个人看起来干净又纯粹，可是他的脸……

植安奎难以置信地盯着跟自己说话的人，震惊得直往后退。

这个世界没有比看到另一个自己更加让人恐怖的事情了！

他就是他另一半的灵魂吗？

"先生，您要尝尝我煮的咖啡吗？"阁楼上的少年丝毫不惊讶，只是温和地笑笑，转身要往屋子里走去。

"慢着！"植安奎盯着他的背影，大声叫道，"告诉我你的名字！"

"你怎么可以这样质问我？我当然知道自己的名字，我不想也没有必要跟你打交道，既然你这么不客气，请你出去。"高塔里的植安奎显然被激怒了，他紧握着双手，黑色的瞳孔骤然放大，奇怪的是，他的眼底竟然涌动着暗黑的光芒，有种说不出的邪恶力量。

"如果连自己的名字都记不住，你还能记得什么？"植安奎心里暗自欣喜，人只有在最激动生气的时候才是最脆弱的，他要趁着这个机会把自己的另一半灵魂收复。

"我记得夏薇薇……我的名字是……我的名字是……"高塔里的植安奎显然混乱了，他痛苦地抱着头，整个人都颤抖起来，精神极度脆弱。

植安奎盯着另一半的自己，心中一阵巨大的紧张和悲苦传来，难道他们的心智已经连成一体了吗？

"'神隐之归'——你就是我，我就是你，快点回来。"植安奎回忆着收复的魔法,他猛地伸直双臂,让思维的电波奔袭在这高塔之中,聚集的精气缓缓凝结成一个巨大的光球,将他完全包裹。脑海里像是被抽空一般紧张疼痛,一幅幅画面展示在他眼前。

"植安奎身为公主的守护者,应服从宿命中的王室诅咒,锁入虹之高塔,咒语不破,灵魂不出。"金色的光晕出现,一位白发苍苍的老人穿着王室的盛装,声音冰冷地宣布这个禁令。

"最伟大的'彩虹之穹'却让守护者受到如此惩罚,"植安奎抬头望着那位白发老者,讥诮道,"夏薇薇说'彩虹之穹'从来没有真正的雪,今天我要给她下一场雪。"说完他使尽全部的力量在天空上布上了冰,一片片雪花落下。

"回来吧!"植安奎又使尽全力,把光球推到了缩在墙角的另一半灵魂。

"我的名字叫……怨恨……"高塔上的灵魂无力地挣扎着,光球里的巨大能量撕裂了他的衣衫,他的身影逐渐模糊,却吐出了这样一句话。

他说什么?怨恨?

"去吧,你的灵魂。"老人重重推了他一掌,植安奎就失去了知觉,等他再次醒来的时候,整个人就像被抽空一般躺在高塔中一个冰冷的角落。

都想起来了!都想起来了!

植安奎只感觉神清气爽,他从未感觉到如此轻松完整的自己,唇角浮起一抹淡淡的微笑,看了一眼自己毫不眷恋的钻石塔,正准备出去,却猛然发现已经完整的自己,却没有办法找到出口!

"'魔域之爪'!"一条金色的蛇猛地向夏薇薇冲过来,蛇信子伸缩着,尖利的牙齿对准夏薇薇的心脏。

"你姐姐好厉害!"卢玛尔操起宝剑,对着大蛇纵身劈了过去。

掌管红色的波尔冬哥哥已经很让人吃不消了,这条金色的蛇是掌管橙色和黄色的两个姐姐一同派来的,一定凶猛异常!

"金刚魔咒。"情急之中夏薇薇念起了金刚魔咒，她的意识里似乎有人在指引召唤。暗夜的无边星空里，有一位盛装的白发老人慈眉善目地注视着她，给她提示——"用金刚魔咒这个魔法可以击破金蛇。"

金色的光环从她的手心里一圈圈发散出去，金蛇被困在金圈里，两只暗红的眼睛顿时闭上，口吐白沫变得一点力气都没有，夏薇薇看它已经没有抵抗力，这才放了它。

啪的一声，巨大的金蛇摔倒在地上。

"去死吧！"卢玛尔乘胜追击，对着金蛇一剑刺去。

"小心！"夏薇薇尖叫着，脑海中那位老人神色忧虑地提示她，金蛇之头还会弹起。

"啊——"卢玛尔一声哀号，只见已经死掉的金蛇突然昂起蛇头，咬在他的肩头，鲜血顿时涌了出来。

"不要不要……"夏薇薇连忙扑过去，夺过卢玛尔手里的长剑劈开金蛇头，可是卢玛尔的伤口十分吓人，而且他身中剧毒。

"这个是艾普丽圣女的眼泪，可以避毒，但是不知道可以支撑多久。"少年机器人把几粒水蓝粒子塞到夏薇薇手里，接着又端起摄像机拍摄起来。

"卢玛尔，你快醒醒，还有绿青蓝紫四位哥哥没有被打败，我一个人怎么走下去啊！你一定要支持住！"夏薇薇把所有的水蓝粒子都洒在卢玛尔的肩膀上，他苍白的脸上顿时恢复了一丝血色，呕出很多黑色的血块。

"快施粉红魔法……快……"卢玛尔焦急地提醒夏薇薇，只要可以用粉红色布满全岛，魔法钥匙就会出现，到时候虹之高塔就会被打开，植安奎就会得救了。

"我的小妹妹夏薇薇，你仗着父亲大人的宠爱，要嚣张到哪里去？连哥哥姐姐们居住的魔法岛都要变成你的天下吗？"随着一阵高喝，从林间射出绿、青、蓝、紫几根巨大的光柱，它们迅速化成人形，清一色的王室打扮。

"哥哥们，我此行目的只想救出我的朋友，请你们给我一条捷径让我过去。"夏薇薇声音微弱，有些体力不支。

"现在知道怕了吗？休想！"哥哥们丝毫不肯退让，他们围成一圈，旋转起来，不久之后竟然变成了一个结合体，一个庞然大物立在了夏薇薇面前。

"唔……"庞然大物不由分说，一拳击在了夏薇薇的腹部，鲜血从她的口中喷涌而出，五脏六腑如同被刀搅，痛得她无法呼吸。

"夏薇薇……"受伤的卢玛尔急切地呼唤着她的名字。

"孩子，燃烧你的小宇宙，站起来，召唤出圣灵，记住只此一次，否则你会把性命都搭进去的。"夏薇薇欲裂的脑海中，那位老人言辞急切。

对呀，要站起来，否则所有的一切都要前功尽弃，植安奎，卢玛尔，达文西，林沐夏，艾普丽，还有爸爸……他们都在等着我……

"召唤圣灵！"夏薇薇勉强单膝跪地，扬起倔强的小脸，大声召唤着。

"你要把奶奶召唤出来吗？夏薇薇你疯了，怎么可以打搅到她……"几位哥哥听到咒语，当时就愣住了。

一片灿金的星星沙缓缓落下，璀璨的光影中，一位微笑着的白发老人从雾霭中缓缓来到他们当中。她慈祥的目光注视着大家，华丽圣洁的衣袍飞扬。

"我的孩子，你们之所以如此仇恨彼此，是因为什么？"美拉王妃闭上双眸，似乎在等待孩子们的回答。

绿、青、蓝、紫立刻回归原形，诚惶诚恐地拜倒在美拉王妃的裙摆之下。

"是奶奶？"夏薇薇痛苦地睁开双眼——原来那个不断指示自己的人就是奶奶，可是她再也没有力气战斗下去了。

"龙凌绿，你是这里最年长的哥哥，你说说原因。"美拉奶奶的目光落在龙凌绿的脸上，威严又不容置疑。

"因为父亲大人总是最宠爱她！我们都是父亲的孩子，为什么有这么大的差别待遇？虽然夏薇薇口口声声说是要救助朋友才来魔法岛，可是我们却认为她是为了巩固自己即将到手的王位，要把我们驱逐出去！"龙凌绿跪倒在地，声音发颤。

"夏薇薇，你愿意证明自己吗？"美拉奶奶看了一眼躺在血泊中的夏薇薇，轻声问道，眼底却浮过一抹哀伤，这些孩子们都不懂，国王之所以更爱夏薇薇一些，是因为……这世间谁还会为这个孩子心疼呢？自从她那可怜的母亲，"彩虹之穹"的卡迪娜王妃神秘失踪后，这孩子就只有疼爱她的父王了呀……

"如果……"夏薇薇勉强支撑起身体，定定地望着哥哥们，"如果哥哥们肯让我把整个魔法岛变成粉红色，我愿意放弃王位继承权……"

哥哥们吓了一跳，他们怎么也没有想到夏薇薇会说出这样的话。他们怎么明白，在他们眼里值千金的王位，在夏薇薇眼里却无丝毫意义。

"遵从夏薇薇的意思，剩下的人都跟我走吧，把这里交给夏薇薇，'彩虹之穹'的小公主，圣灵保佑你。"美拉奶奶掐算手指，所有的一切都是按照"彩虹之穹"的命运轨迹一点点运行谱写的，谁都没有办法打破。

哥哥们点点头，最后看了一眼夏薇薇，一行人跟着美拉奶奶消失在光雾里。

钻石高塔中，植安奎已经想尽了所有的办法，把逼仄的阁楼打得千疮百孔，可是始终无法走出这个禁地。

正当他气喘吁吁地摧毁阳台上的钻石大门的时候，一道熟悉的粉红色照了进来，他心头一动，这种温暖的颜色只有夏薇薇才能驾驭，难道她已经赶过来了？

植安奎再次发力，把钻石大门震成了水晶碎片，他奔到阳台上，远远地，他看见浑身是伤的夏薇薇迅速向着钻石高塔的方向奔来。波浪般翻滚的长发随风飘荡，俊秀敏捷的身姿格外耀眼炫目，可是凡是她脚下踏过的地方，都留下一个个的血脚印……

"夏薇薇……"植安奎心里感动极了,他凝聚起所有的力量,纵身从钻石高塔上跃下,就算是摔死,他也要奋起一搏。

"笨蛋,这么跳下去会摔死的!虹之高塔不会这么轻易放过你,你往下掉一辈子也不会挨到地面。"

咯咯咯,一串银铃般的笑声在耳边响起,夏薇薇脚下踩着一抹粉色的云彩,恰好接住他下坠的身体。

啾啾啾,一阵愉悦的鸟叫声从头顶滑过,一片金色的光辉没过他们的身体,温暖芬芳的星星沙带着阳光的味道向高塔上飞去。

"不死鸟!"植安奎吃惊地望了一眼天空中飞舞的金色小鸟,目光回落在夏薇薇脸上,她透明如同白瓷般细腻的脸上血迹斑斑,额头上还蹭掉了皮,隐隐渗血,一向扎起的波浪长发凌乱地扑在肩上,原本可爱华丽的白色公主裙裂开了好多口子,胸前沾着鲜血。

"不要这么看着我,一切都会过去,不死鸟已经飞出笼子,魔法钥匙就在它口中。"夏薇薇毫不在意地笑着,可是她很明显地感觉到全身的疼痛和无力,流出的鲜血也带走了她的能量,这朵粉色云朵是她可以做的最后一件事情了。她垂下眼眸看着逐渐清晰的地面,很快什么都好了……

"魔法钥匙是我的!"一道赤红的闪电劈裂了夏薇薇脚下的云彩,她痛苦地呻吟着,身体无力地往下坠去。

"波尔冬,你到底想要怎么样?"植安奎迅速转身,抱起夏薇薇,手指挥出无数道带着强大魔法能量的冰碴直冲波尔冬。

"一把钥匙只能救出一个人,艾普丽还活着,我要带她走。"波尔冬双臂交叉,巨大的火焰从他的手掌里喷射出来,天空飞舞的金色小鸟惨烈地尖叫了一声,小小的身体迅速往下坠去。

植安奎心头一颤,连忙跃起抓小鸟,波尔冬更是不甘示弱。

"我终于知道林少爷派我来是做什么了,就是为了今日此刻!"卢玛尔跳起身子,接住了下坠的鸟儿,苍白的脸上浮起一抹得意的笑容。

"卢玛尔,好样的!"植安奎赞道,对着卢玛尔竖起了大拇指。

"植安奎你这个混蛋总算是记得我了！我还要和你大战一场，证明我们到底谁厉害呢！"卢玛尔故意开着玩笑，手指从不死鸟口里拿出一只金色的钥匙，对着植安奎抛去。

"那是我的钥匙！"波尔冬几乎要崩溃了，飞身去抓钥匙。

"波尔冬，我不会离开魔法岛的，这里已经被污染了，而我的身体里积攒了太多的怨恨，罪恶，黑暗……从前那个'彩虹之穹'的圣女，到今天只是一个大海深处的拾荒人，我没有办法出去了。"大海中突然升腾起一道绚紫的光圈，圣女艾普丽缓缓现出身形，她不断落下眼泪，冰蓝粒子随风飘落在沙滩上。

"丽塔，你不走，我也不走！"波尔冬欣喜地看着冒出水面的丽塔，他潜入水中找了好久都没有看到丽塔的影子，没有想到她竟然在这里现身了。

轰的一声，钻石高塔突然坍塌，无数黑色钻石碎片碎裂开来。

"呃……"夏薇薇闷哼一声，刚刚似乎有什么东西扎入了她的心扉……

"咒语解除了，可是罪恶也被释放了出来……"艾普丽抱起怀里的陶罐，驱动魔法，把所有的黑色碎片都收集起来，突然，她面色苍白地看着大家，"黑钻碎片少了一片……"

"禁地之门就要关上了，大家快走，这里再也不会被打开了！"少年机器人大喊一声，一群人抱着摄像设备迅速跳入大海中去。

植安奎抱着昏倒的夏薇薇，卢玛尔也很默契地跟随在他们身后，大家纵身往海中跳去。

"丽塔，总算跟你在一起了，我从来不曾忘记过你，从来都不。"波尔冬温柔的声音在魔法岛上久久回荡。

"生活在不见天日的魔法岛，你不孤单吗？波尔冬，你会后悔吗？"

"永不后悔。"

番外篇

"彩虹之穹"华丽无比的授予仪式上,举国欢腾。

植安奎最终得偿所愿,获得了代表"渡鸦会"新晋继承人的红宝石,他接受历练的道路才刚刚开始。

夏薇薇得到了代表"彩虹之穹"的蔷薇魔杖,也就是不死鸟口中那把"魔法钥匙"。

她开心地望着台下祝福她的子民,正准备跪拜,胸口一阵针扎的疼痛刺得她几乎站不稳脚跟。

"没事吧?"一旁的植安奎小心地搀扶着她,眼底全是关切。

"哇,大魔王,我发现你现在学会关心人了。"夏薇薇眯起眼睛,赞美植安奎。

"才不是,女人!我是怕你摔倒在舞台上给我丢脸!"植安奎扬起下巴,一身盛装的他看起来很耀眼,红宝石徽章跟他的气质相称得十分完美。

他还是一如既往地臭屁，一点都没有变。

夏薇薇叹了一口气，手指摸摸刺痛的胸口，虹之高塔上的黑钻碎片，到底代表着什么？

突然，漫天烟花齐放，天空中布满了五颜六色的星星沙，夏薇薇仰起头，甜美的笑脸上，一双眼睛里闪烁着一层水雾，仿佛天空所有的星星都落到她眼睛里去了。